초현실파 낭만주의

초현실파 낭만주의

채소연 시집

좋은땅

차례

1부
"사랑은 인생을 한순간에 좌지우지한다."

Ep.3:
**사랑과 원망의
무게가 같을 때**

Ep.6:

이별의 통증

2부

"현실은 나의 추잡한 꿈이 거슬렸나 보다."

Ep.2:

꿈

1부

"
사랑은 인생을 한순간에 좌지우지한다.
"

Episode 1.

곰팡이 핀 첫사랑

01: 중독 (1)

달콤한 맛이었다.

너를 한 입, 두 입 베어 물을 때마다
사랑이 피어나온다.

그러다 우린 서툰 사랑을 시작했다.
순수한 애정이었다.

그러다 파도를 넘기지 못하고
그대로 깊은 바다에 빠져 버리고 말았다.

어쩌면 내 일방적인
얄팍한 사랑이었을지도 모르겠다.

고백하기엔 우리가 다시는 못 볼 사이가 될까 봐.
너를 놓쳐 버릴까 봐.

그냥 너를 잊지 못한 채 고집했다.

결국엔 너에게 중독되어 버리고 말았다.

02: 재결합 (2)

사랑은 치즈와 같아서 처음이거나 미숙하면 상하지만
잘 무르익으면 고소한 풍미를 가진 치즈처럼 잘 익어 간다.
그렇다면 이미 한번 서로에게 상했던 경험이 있는 우리가
다시 만나 그때 그 순간처럼
아낌없는 미소를 지을 수만 있다면
우리가 다시 잘 어우러진 사랑을 할 수 있을까.

03: 추억 (3)

서로가 첫사랑이었던 우리는
서툴고 어설픈 사랑을 하다 상처만 남기고 끝났다.

내 기억 속에 남아 있던 미안하다는 네 한마디가
곰팡이처럼 내 머릿속을 거슬러 지나갔다.

죄책감의 먼지만 가득 쌓일 뿐이었다.
너의 목소리가 내 귓가를 스쳐 지나갔다.

그건 환청이었는데도
꿈이었는데도

그냥 믿었다.
아니, 말을 다시 고쳐 하자면

그랬으면 좋겠다고 생각했다.

우리가 다시 사랑할 수 있는 사이가 될 거라고
그렇게 믿고 싶었다.

04: 미련 (4)

너는 달콤하고 가끔은 쌉싸름한 맛이 나더라.

그 잔잔한 통증마저 애타는 나였기에,
배탈이 날 걸 알면서도 베어 물었어.
그리고 계속 너에 대한 생각을 씹고 또 씹어서 소화시켰지.

역시나 너는 이런 내게 무심했고 나는 얕은 수면 위에 떠오른 기포가 터
지는 것처럼, 아무런 소리 없이 눈물을 흘렸어. 너의 깊은 뜻 없는 말과 행
동에 괜히 의미를 부여하고
혼자 상처받고 혼자 쓰라림을 견뎌 냈어.

내 마음은 상처로 인해 흉터가 생기고 구겨진 형태였지만
너를 향한 나의 진실된 감정은 절대 구겨지지 않았어.
그래서 더욱더 내가 비참했어.

그러다 내가 너를 너무 사랑한 나머지,
아끼고 널 또 아끼다 곰팡이가 피어났어.

이제 그만 놓아주고, 떠나고 싶어도
그게 마음대로 잘 안되던 이유는

아무래도 너와 내가 나눴던 사랑의 언어와 맑고 순수한 마음이
아무런 흠집도, 상처도 보이지 않는다는 거야.

그 무엇보다 투명했어.

그렇담 우리가 다투며 만들어 낸 사랑은
정말로 곰팡이 핀 사랑이 아닐까.

05: 흡수 (5)

처음엔 그저 그랬고
두 번째 만남에선 흥미로웠다.
그러다 어느 순간부터 편해졌다.

그리고 만남이 더해 갈수록 좋아졌다.
단순 좋아한다는 마음이 아닌,
정말 사랑의 마음으로.

네가 내 마음을 뚫었다.

내가 너에게 흡수되는 것마냥,
스며들듯이 자연스럽게 네가 좋아져 버렸다.

그리고 흡수된 나의 눈물, 그리고 마음은
네가 날 놓아주지 않는 이상.

내가 너에게 스며든 것처럼
네가 날 자연스럽게 놓치지 않는 이상.

내 마음이 너에게서

다시 빠져나오긴 글렀을 것이다.

아직 겪어 보진 못했어도
그냥 그럴 것 같았다.

난 널 처음 본 순간부터
이미 사랑할 준비가 되어 있던 것 같으니까.

06: 존재 (6)

너의 체온이,

너의 밝은 웃음이,

너의 낮은 자존감이,

너의 순수한 울음이,

너의 울음 섞인 웃음이,

너의 당황스러운 표정이,

너의 시원찮은 떨떠름이,

너의 최선을 다한 위로, 그리고 너의 틱틱대는 걱정이,

너의 부끄러워하는 표정과 행동이,

너의 사랑스러운 말과 표현들이,

너의 외모와 반비례하는 성격이,

너의 따뜻하고 포근한 품이,

너에겐 당연한 배려가, 너의 어른스러운 면모가,

너의 뭔갈 꾸미는 듯한 장난스러운 미소도,

내가 고치라고 했었던 습관과, 사소한 말버릇도,

내가 매번 듣기 싫어했던 너의 일상 속 잔소리마저.

나의 완벽한 이상형과 곰팡이 섞인 첫사랑.

너 존재 자체가 그리워졌으니까.

익숙함에 속아 소중함을 잃고 너를 놓쳐 버렸으니까.
그걸 너를 놓친 뒤에야 깨달았으니까.
이젠 되돌아가기엔 너무 늦었다고 생각했으니까.

아낌없이 주던 나무는
그렇게 썩어 문드러진 엔딩이 아니길 바랐으니까.

존재만으로
사랑이 뭔지 체감하게 만들어 줬던 너.

내 일상의 절반이자 인생의 절반이 돼 줬음 하는 너.
네가 없는 내 일상은 대체 뭘로 대신해야 할까.

07: 한정된 구역 (7)

당연한 줄만 알았던 것들이
너는 그런 사람이었다고, 그런 널 당연하게 여긴 나는.
어느 날 네 주변인들이 그것들이
나에게만 해 주던 호감 표시였다고 말해 주고 나서야

나는 뒤늦게 너의 노력을 깨달았다.

그리고 깨달은 후, 너에게 다가섰을 땐
이미 넌 그 한정된 구역에서 나를 제외시켰다.

내가 너무 늦었나 보다.
내가 조금만 더 빨랐더라면 넌 나를 다시 받아 줬을까.

다시 들어오라며 손짓해 주고
아무 일도 없었다는 듯 안아 줬을까.

08: 본능 (8)

지금 우리는 이미 셀 수 없을 만큼 친해져 버렸는데.
난 어딜 가든지 당연하듯이 너를 찾고, 보고 있더라.
찾느라 길을 잃고, 순서를 놓치고. 네가 없으면 아쉽고.
그렇게 넌 모르는 내 일상을 보내고 있었다.

근데 이상하게도 너는 이 많은 사람들 속에서 가장 눈에 띄고, 잘 보이더라.
그리고 너를 보고 있을 때면 난 나도 모르게 스쳐 지나가듯이

"역시 넌 웃는 모습이 제일 예쁘구나."

라고, 생각한 뒤 나처럼 날 찾지 않는 너를 보며
쓸쓸하게 내 멍청한 본능을 웃어넘겨.
언젠간 나도 널 더 이상 찾지 않는 날이 오겠지.

그렇다면 너도
날 찾느라 애타는 날이 올까?

09: 전염 (9)

더 이상 널 기억하면 안 된다는 걸 알면서도
무의식중에 너를 생각하는 내 모습이 너무나도 많이 보였다.

기억하면 할수록 너라는 곰팡이는 나를 휩쓸듯이
섬세하게 여기저기 훑어보곤 사랑의 입맞춤을 하니까.
나의 가슴이 아려 올 때까지 날 꽉 안아 주니까.

그래서 더더욱 너라는 곰팡이는 나에게도 오염되어
너라는 곰팡이는 어느새 이미 나에게 잠식돼 버렸다.
기생충마냥 내 마음에 숨어서 이리저리 나를 흔들고 찔러 보고 관찰했다.

하지만 그럼에도 나는
바보같이 너라는 곰팡이를 싫어할 수 없었고.

너라는 이름으로 된 곰팡이는
내 마음 한 켠에 남아 살아갔다.

#10: 치즈 (10)

넌 치즈를 먹은 기분이었다.
너의 첫 맛은 처음에는 느끼했다가 먹다 보면 점점 고소해지는 맛이었다.

그렇게 일평생 음미만 하다가
내 뻔한 자존심 하나 때문에 너를 잃었다.
그런 나는 이기적이고 멍청했다.

그런 너를 되찾기 위해 치즈를 먹었다.
먹고 또 먹었다.

진짜 너는 치즈 따위가 아니었지만, 그 사실을 뻔히 알면서도 먹을 수밖에 없었다.
그리움과 널 잃었다는 허탈감에 어쩔 수 없었다.

차마 예전부터 먹지 못해 방치되고 있었던 치즈엔 곰팡이가 피어나
하늘 위를 떠다니는 구름처럼, 나의 위장을 몽실몽실 떠다녔다.

어느 날부턴가 너를 삼키면 조금 아팠지만 괜찮았다.
맛도 살짝의 변화가 있었지만 괜찮았다.

너를 위해선 나의 아픔 정도야 희생할 수 있어서. 내가 해 줄 수 있는 게
있어서 다행이었다.
나는 너 하나 때문에 아플 수 있는 보잘것없는 사람이라 괜찮았다.

나는 오히려 내가 그런 사람이 될 수 있어서 다행이었다.
너에게 맞춰 줄 수 있어서.

오히려 안심되었다.

11: 딸기 (11)

너는 딸기처럼 새빨갛게 달아오른 귀가 매력이었다.

그런 너는 차가운 얼음물에 퐁당, 담갔다가
퐁-. 하고 꺼내어 먹으면 그렇게 달콤할 수가 없었다.

그리고 먹는 동안의 얕게 씹히는 씨앗들이
너의 단점과 비슷해서
거슬리기 시작했다.

어느 날, 나는 그 씨앗을 하나하나 빼 먹을 생각을 했다.
힘들었지만 맛있게 먹을 생각에 설레었다.

그렇게 내가 뽑아낸 씨앗들을 바라보기만 하던 너는,
곰팡이가 핀 자신의 마음을 꺼내며

내게 이별을 통보했다.

그저 한낱 욕심이었다.

12: 천년만년 (12)

하루를 사랑하고 더더욱 좋아했다. 한순간도 너에게서 눈을 떼지 못했다. 매번 너에 관한 망상을 하며 잠에 빠진다. 나의 하루의 시작은 일어나자마자 너의 근황을 속으로 묻는 것, 나의 하루의 마지막 기억은 너는 이늦은 시간에 목적 없이 생각에 빠져 있을지, 아니면 효율성 있는 일을 하고 있을지 궁금해하다 마지막까지 너에 관한 망상을 하다 잠에 드는 것이다. 나는 그렇게 너에 대해 하루도 빠짐없이 매일을, 평생을 궁금해하다 죽을 것이다. 나는 널 잊으려야 잊을 수가 없어서 매번 속으로만 평생 너를 생각하다 너랑 눈이 마주치면 웃을 것이다. 그래야 우리가 평생까진 아니더라도 하루라도 더 볼 수 있기 때문이다. 나는 너와 수천만 년 사랑했고 단 한 번 헤어졌다. 우리의 목적 없는 사랑이란 종이비행기에 너는 단 몇 달 안 되는 추억과 기억을 걸고 나는 괜히 목숨을 걸고 인생을 걸어놓고 애써 별거 아닌 척 얼버무렸다. 너는 그렇게 나를 추억으로 남겨 두고 나를 기억 속에 영원히 버리고 나왔다. 나는 너의 미묘한 웃음, 애매한 말투, 상황 속에서 피어나던 감정을 아직까지도 사랑이라 우겼다. 그냥 그러고 싶었다. 내 인생의 절반이 너였기 때문이었다. 너는 나와의 일탈 중 내가 절반만큼이라도 와닿았을까? 내가 너를 생각하는 시간이 내 인생의 가장 큰 비중을 차지해선 괜히 너는 한순간의 대화와 그저 스쳐 지나가듯 지은 미소들로 나를 흔들리게 해. 너는 내가 너의 인생 중에서 가장 빛났었던 순간이자, 추억. 그리고 한낱 기억이겠지만 나는 네가 내 인생의 영원한 동반자인데. 네가 그렇게 가 버리면 난 어떡하라고. 할 말이 너무 많아서 차고 넘쳐 흐르는데 어디서부터 해야 할지 모르겠어. 너의 곁에 남아 있음으로써 내 인생의 쳇바퀴가 다시 굴러가기 시작했으니까. 나는 한낱 겨울밤의 꿈처럼 피어나던 너의 첫사랑 초승달이었고 너는 내 모자람을 채워 주던 나의 첫사랑 하현 망간의 달이었으니, 그리고도 남은 보름달이었으니. 마냥 빛나고 싶었던 초승달을 환하게 비춰 주던 태양의 실마리였으니.

내가 널 사랑해야만 했던 이유.
네가 내 사랑을 받아야만 했던 이유.

네가 내게 알려 줬던 잊을 수 없는 감정.

그러다 우리마저 알게 모르게
사랑했던 것.

천년만년, 평생을.
너와, 내가.

Episode 2.
무중력의 외사랑

13: 부력 (1)

솔직히 말하자면,
난 이미 너라는 바다에 깊게 빠져 점점 떠오르고 있었어.
괜한 자존심 때문에 아니라고 우겨 가며
내 마음을 부정했었지.

근데

어느새부턴가 이젠 너도 내가 깊은 바다에서 헤엄의 이름을 뒤집어쓰고
너의 웃음과 의미 없는 말. 그리고 내가 빠진 바다의 수심보다 깊은 배려
심을 담은 마음에 어쩔 줄도 모른 채 설렘에 허우적대다가 부력에 의해
겨우 떠올라 살아남으면 나는 휴식이라는 핑계로 너의 끝이 없는 매력의
바다 한가운데의 해수면을 둥둥 떠다닐거야.

그리고 너는 내가 사심을 채우기 위해 바다가 깊다는 것 정돈 알면서도
계속 빠져든다는 것 정돈, 예전부터 진작에 눈치 챘을 거야. 그래도 내가
익사해 가는 동안 너를 생각하고, 좋아하고, 말하며 나의 날숨에서 나온
이산화탄소가 물을 만나 기포가 해수면으로 높이 떠오를 때. 그게 좋았던
건지 네가 좋았던 건지. 바닷속에 일렁이던 빛들이 아름다웠다고 느꼈으
니까. 그 빛들이 외사랑에 지쳐 처참했던 나를 위로해 주는 듯 잠시 동안
이라도 밝게 빛내 줄 수 있게 해 줬으니까.

이렇게 생각을 정리하고 보니까 내가 사랑한 건 네가 아니라 바다의 법칙이었던 것 같다.

… 아. 아니다.

바다에 들어가면 네 생각만 했었다. 바다에 빠졌을 때 대처법 정도야 이미 알고 있었는데 막상 바다에 빠지면 아무것도 생각이 안 나고 네 생각만 났다. 생사가 걸려 있는 바닷속에서. 아름다운 풍경으로 위장한 죽음의 문턱에서 난 너를 생각한 것이다.

역시 난 널 사랑했나 보다.

#14: 희생 (2)

넌 나에게 무심해. 여전히 차갑고,
내가 널 좋아하는 것도 이미 잘 알고 있을 거야.

그렇지만 그럼에도 흔들리지 않고 계속해서 너만 바라보고, 말 걸고, 좋아
하는 이유는, 수영도 못 하는 내가 너의 매력의 깊게 빠져 허우적대고 있
으면 넌 어서 빠져나오라는 듯이 나를 위로 끌어올려 줬으니까. 하지만
난 너라는 단 한 명에게 이리저리 휘둘리고 치일 정도로 멍청해서, 더욱
더 어떻게든 살아남으려 허우적대다가 결국 더 깊이 가라앉아 버리니까.
난 그런 사람이니까. 이런 내가 너를 곤경에 처하게 할 것 같으니까. 무엇
보다도 네가 그러다가 내게 상처 받고 영영 떠나 버린다든가, 그만 버티
지 못하고 내가 물귀신마냥, 너를 죽음으로 끌어오게 될까 봐. 네가 그러
다 죽어 버릴 것만 같아서. 그건 아무리 생각해도 너무 끔찍한 일이라서.
네가 없는 세상은 상상도 안 되는 일이라서. 너를 위해서랍시고 조용히
익사하기로 다짐했어. 나만 꾹 참고 가라앉기로 했어. 부력을 애써 무시
하며 아무런 몸부림도 치지 않고 천천히 머리부터 내려갔어.

바다의 끝을 탐험하고 싶었어.
물에 잠겨 있다는 게 이런 거구나 싶더라.

귀가 안 들리고, 무중력을 느끼다가 눈을 살며시 떠 보면 나를 중심으로

퍼진 암흑과 내가 손을 휘저으면 생기는 기포와 물결들이. 너무 아름다워서, 내가 익사하는 중이란 것도 까맣게 잊을 정도로 특별했어. 내가 바다의 내면을 휘저어 만든 기포들이 물결을 거슬러 올라가 해수면 위로 서서히 떠올랐어. 그리고 난 너를 향한 마음을 줄곧 접어야겠다 싶었어.

너는 내 존재도 모르겠지만.
너는 내 구원이었어.

내가 관심 있던 건 바다의 내면이 아니라,
네가 바다가 가진 푸른색을 좋아해서.
바다를 내가 질투해서. 네가 좋아하는 바다에 관심이 있었어.

난 그것뿐이었어.

#15: 익사 (3)

늘 그랬듯이 난 너의 바다에 잠겨 있었어. 그리곤 혼자 두 눈을 감고 두 팔을 벌려 괜히 너를 안아 보는 시늉을 했어. 나의 소원이자 희망. 그리고 나의 빛. 그런 너는 물에 빠진 나를 보고도 무시했어.

"아…. 이게 죽음이구나…."
"나는 이대로 그 무엇의, 그 누구의 사랑도 받지 못한 채. 이대로 영원히 바닷속에서 깊은 잠을 자겠구나."

난 그런 널 보며 예상했다는 듯 피식 웃었어.
날 좋아해 주는 사람은 아무도 없다는 것쯤은 이미 알고 있었으니까.

내가 미소를 짓는 게 거슬렸던 바다는 내 입에서 수많은 기포와 숨을 앗아 갔어. 폐엔 점점 바닷물이 차올라 숨이 막히고. 바닷물은 늘 밤에 한 방울씩 떨어지던 내 눈물처럼 짜고, 씁쓸했어. 그리고 누구 하나 잡아 본 적 없는 외로운 내 손은 점점 불어 가기 시작했지. 어쩌면 내 마음도 이미 불어 터지고 있었던 것만 같아. 그때 눈을 살며시 떴을 때, 나에게 손을 내밀어 준 건 다름 아닌 빛 한 줄기였어. 내게 쏟아지던 빛 한 줄기가 잊히지 않았어. 너를 처음 만날 때도 이런 기분이었던 것 같았어. 황홀경에 이르렀던 기분. 그걸 내가 어떻게 잊겠어.

그리고 저 빛을 보며 혼자 되새겼지. 저 빛은,
늦은 밤 혼자 외롭게 켜진 가로등처럼 일생에서 가장 외로운 나를 비추는
저 에메랄드 빛은. 내가 그 무엇보다 사랑하고 좋아했던 너의 웃음을 닮
았구나.

그래서 내가 다시는 맛볼 수 없을 것만 같았던
그 감정을 다시 느낀 거구나.

…라고, 수도 없이 너의 웃음을 생각하고 되뇌었어.
그리고 난 깨달았어.

아직은 너란 바다 속에서 익사하기엔 일렀다고. 기회는 나를 외면하고 무
시할진 몰라도, 나를 저 멀리서 비춰 주던 빛처럼. 태양에 반사되어 지구
에 도착한 달빛처럼. 난 멀리서라도 너를 지켜보고, 느끼고, 너의 웃음을
다시 한번 봐야겠다고 생각했어.

유언을 쓰라하면 너에 대한 말을 썼겠지.

죽을 때까지 잊히지 않았던 사람이었다고.
학창시절 잊을 수 없던 외사랑이었다고.

나의 이기적인 마음의 피해자가 하필 너였어서 미안하다고.
… 고마웠다고. 그렇게 유서를, 내 인생을 끝마쳤을 것 같다.

16: 외사랑 (4)

내가 감히 너를 사랑해도 되는지
내가 감히 너를 좋아해도 되는지

내가 이런 마음을 품고
네 곁에 친구로 남아 있어도 괜찮을지.

하나같이 의문투성이였다.

그래도 내가 할 수 있는 거라곤
오직 기다림뿐이니까.

너를 재촉하기엔 미안하고
그러다 네가 날 떠날까 봐 애탔으니까.

이 사랑이, 이 믿음이.
한순간에 유리구슬처럼 깨져 버릴까 봐.

난 그냥 아무런 내색도 내지 못한 채 참았다.
아무런 말도 못 한 채 너를 기다리고

너의 침묵을 받아들였다.

#17: 소나무 취향 (5)

학창시절, 철없고 재미만 추구하느라 바빴던 어린 시절의 나는 물을 좋아하던 너를 보고 재밌는 아이라고 느꼈다. 당시엔 그냥 웃어넘기기만 했는데. 지금 생각해 보면 그때의 나는 너를 좋아했다거나, 어지간히 너랑 지내는 하루가 즐거웠다고 생각했다. 그러다 몇 년이 지난 후, 어느덧 넌 한여름의 추억이 돼서 다시 돌아와 내게 무심한 말투로 물었다.

"너, 왜 나 아직도 그런 눈으로 보냐?"

"그런 눈이라니?"

난 당연하게도, 너를 평소에 바라보는 눈빛이 어떤지 몰랐다. 내가 내 표정을 의식한 적도 없었고. 더군다나 의식해서 지은 표정도 아니었으니까. 애초에 너를 보면 그런 어색한 표정은 당연히 나오지 않았으니까. 게다가 이미 몇 년이 지난 일이라서 아무래도 너의 '그런 눈'이라는 묘사가 정확하게 무슨 뜻인지 몰랐다.

"진짜 몰라서 물어? 너, 계속 나 보면서 실실대고 있잖아. 계속 나 쳐다보는 것도 그렇고."
"무슨 불만이라도 있냐? 몇 년 만에 다시 만나서 신기해?"

"내가 그때랑 지금이랑 널 보는 표정이 같다고?"

"어. 부담스러워."

"… 아. 미안."

말이 될 리가 없다고 생각했다. 그때의 나는 널 줄곧 좋아한다고 믿어 왔으니까. 근데, 몇 년이 지나는 동안은 널 좋아한 적도, 너를 생각해 본 적도 없었다. 근데 내가 널 오랜만에 봐서 그런가. 너는 몇 년이 지나도 똑같아서 안심하고 있어서 그랬나. 내가 널 여전히 좋아하고 있었던 걸까?

"아니 미안할 것까지야….''

아. 깨달았다.
내가 널 여전히 좋아한 게 아니라, 내가 너를 겨우 잊었는데
네가 너무 내 취향의 정석이었나보다.

#18: 퐁당 (6)

줄곧 우정인 줄 알고 피워 내고 가꿔 냈던 우리의 사이.

그 속에서 피어나던 너와는 조금 다른 나의 색다른 감정을 표현한다면 너는 무슨 반응일까.

내가 네게 사랑이란 명사를 외치면 너를 잃게 될까.

나는 너를 영원히 잃을 수도 있다는 게 너무나 두려운데도 네가 너무 좋아서.

도통 이해가 안 되던 사랑이란 감정을 뼈저리게 깨달았어.

그런 사랑에 대해 하나도 몰랐던 내가.

너도 서툴기만 한 감정을 싣고

네게 퐁당 빠져 버렸다.

너도 이런 내 마음을 알게 되는 날이 올까?

어쩌면 내가 평생을 숨기다 우리의 사이는 진전이 없을까?

너에게 실연당하는 것보다.

너를 잃어버리는 게 더 싫어서

너에게 줄곧 표현을 못 하고 망설이기만 했었다.

근데, 이젠 진짜 너를 잃을까 봐 고백을 못 하겠다.

차라리

네 곁에 남아 있을 수만 있다면.

그냥 우린 친구가 좋을 것 같다.

우리가 기적처럼 연인이 된다 해도, 우린 언젠간 이별을 할 테니까.

19: 물망초 (7)

"우리가 이별하는 날이 찾아와도, 날 잊지 말아 줄 수 있어?"

"응. 지구가 멸망하는 순간까지 좋아할게."

… 나와 아련한 물망초를 속삭이던 너는 결국 나와 이별했다.

나는 네 말대로 너를 잊지 않았다.
아니, 사실 널 못 잊었다.

그런데 너는 내게 사랑이 아닌 우정을 대하는 태도로, 우리가 언제 그렇게 아련했냐는 듯이. 나를 의식하지 않기 시작했다. 나는 널 의식하고 있는데. 아직까지도 네가 꿈에 나와서 내 망상을 가득 자극시키는데. 너는 내 꿈은커녕, 내 생각도 하지 않을 것 같았다. 네가 내 생각을 했다면 너는 내게 상처를 주진 않았겠지. 나는 네 생각을 하지 않는 날만 손꼽아 기다렸다. 내가 네 생각을 하지 않는단 사실도 자각하지 못하는, 그런 일상이 찾아오길 기다렸다. 하지만 신은 무심하기도 하신지 그런 날은 찾아오지 않았다.

그러다 지쳐 차라리 외사랑을 하자는 생각으로 너에게 진심을 토해 냈다. 그래, 고백했다.

"네가 나한테, 우리 사귀었을 때 있잖아."
"그때 네가 나한테 했던 말 기억해? … 잊지 말아 달라고 했던 말."

당연히 넌 기억하지 못할 줄 알았다. 난 네 인생에 있어서 그렇게 큰 사람이 아니었으니까. 그런데 너는 무슨, 당연한 말을 이렇게 진지하게 하냐는 듯이 물었다.

"내가 그걸 어떻게 잊어."

… 순간 머리가 땅, 했다. 내가 마저 질문을 이으려던 찰나, 네가 먼저 내 말을 선수쳤다.

"다시 만나자는 말을 하고 싶은 거라면, 우리 좀 더 성숙해져서 만나자."
"사실 난 그게 사랑이라는 것도 몰랐어. 난 그냥 남들이 하는 연애를 따라 한다고 느꼈어."
"… 근데, 내가 널 잃으니까 깨달았어. 우리가 사랑했다는 걸."

난 너의 고백에 입이 움직여지지 않았다. 그리고 네가 고백 뒤에 이어서 한 말에도 반박하지 못 했다. 나도 우리의 교제가 사랑인 줄 몰랐으니까. 그냥 당연한 건 줄만 알았었다. 우리는 서로가 느낀 사랑에 대해 의심도 하지 않았으면서 그냥 특별하지 않다는 이유로 진정한 사랑을 걷어찼던 것이었다. 내가 너에게 이런 분위기를 잡지 않았더라면 같은 생각을 하고 있었단 사실도 몰랐을 거다. 어쩌면 우리의 일탈과 우정이, 사랑이 끝나지 않은 게 다행이었다고 생각했다.

"그냥, 남들 연애도 다 똑같은 거였어. 힘들고 지치는데도 너무 좋아서 헤어질 줄 모르는…. 그게 사실 사랑이었고, 우린 당시에 너무 서툴러서 몰랐던 거고. 솔직히 지금도 어리잖아."

너는 나를 바라보며 미소 지었다. 네가 지은 미소치곤, 상당히 예쁜 미소였다. …아. 이런 생각을 좋아하는 사람 상대로 하면 안 되나? 그래도 너무 예쁜 미소였다. 난 너를 바라보다가 입을 겨우 열고 말했다.

"네가 잊지 말래서 아직 안 잊었어. 아니, 못 잊었어."
"… 그래서 너 영원히 안 잊을 거야."

난 겨우 말한 진심에 벅차올라 말을 더 잇지 못했다. 심장이 구겨지고 혈액순환이 과하게 잘 되는 느낌, 심장이 과부하가 왔는지 손끝이 아려 오고, 핏줄이 설렘을 느낀 기분. 그리고 나의 귀가 직접 보지 않아도 빨개지는 게 느껴지는, 그런 말로는 형용할 수 없는 감정들이 날 잡지 못해 안달이었다. 너도 이런 내 기분을 알까. 싶었는데….

"영원히 날 못 잊는 거 아니고?"

… 섬찟했다.

"하하···. 들켰다. 그럼 이왕 이렇게 된 김에 하나 물어볼 게 있는데."
"··· 물어봐도 돼?"

나는 마른침을 삼켰다. 너는 고개를 끄덕였고, 난 어제 생각했던 질문들을 차례로 나열했다. 심장은 나를 뚫을 듯이 두근대었고 너의 눈동자는 오늘따라 왜 이렇게 깊고 투명한 건지. 덕분에 기껏 정리해 둔 내 생각이 다 물거품이 되었다.

"혹시, 너는 날 잊었어?"

"난 전애인이랑 친구로 안 남아."
"··· 그런 내가 왜 아직까지도 너랑 친구로 지내겠어."

"··· 너도 나처럼, 날 못 잊은 거야?"

너는 대답을 망설이는 듯 보였다. 하지만 이번 일을 계기로 보이는 것만 다라고 믿지 않게 되었다. 너는 망설이는 게 아니라 더 예쁜 말을 찾느라고민 중인 걸지도 모르니까. 이것도 고작 내 상상에서 끝나겠지만, 최대한 무겁게 생각하지 않도록 노력했다.

"아직 안 잊었지."

"아직이라면···."

"곧 나를 잊을 거라는 뜻?"

나의 회심의 일격이었다. 본격적인 외사랑을 할 땐 상대방의 마음의 상태를 아는 것도 중요하니까. 그냥 그렇게 생각하고 바로 실행으로 옮겼다.

"… 영원히 못 잊을 것 같아서."

하지만 너의 대답은 내 모든 예상을 빗겨 나갔다. 너도 날 좋아했다니, 짝사랑이 아니라 쌍방이었다니. 근데 왜 우린 사귀지 못하는 걸까. 너는 날 좋아하면서 그 마음을 어떻게 숨긴 걸까. 머릿속이 새하얘졌다. 이러는데 내가 널 어떻게 안 좋아할 수가 있을까 싶었다.

"다시 만나는 날엔 서툰 연애 말고, 성숙한 연애를 하자."
"그날까지 기다려 줄래?"

난 말보단 확실한 표현을 좋아했다. 그래서 나의 감정을, 나의 입술로 표현했다.

"당연하지."

우린 그날. 그 무엇의 청춘보다 빛나는 순애를, 그런 외사랑을 시작했다.

20: 동정 (8)

푸르른 너는 내게
사르르 다가와 따뜻한 품을 내주었다.

어쩌면 가장 헷갈리기 쉬운 감정을
하필이면 내게 우연히,

깊은 협곡 벼랑 끝에 매달린 내가 듣기엔
그 구원 같았던 너의 말들이.

너무나도 달콤한 유혹이어서
영원히 네 품에, 네 미소에, 너란 바다에 잠겨 있고 싶었다.

영원히.

#21: 우주 (9)

우주는 수없는 별들을 마주했다.
우주는 너였고,

너란 우주를 좋아하던 나는
우주가 보던 은하 속의 먼지 같은 별이다.

너는 내 전부인데
너는 내 세상인데.

너에게 닿으려고 수많은 별들과 운석을 피해 날아가면서
나는 별들 사이에서 은하수가 되어,
잠시나마라도 내가 은하가 된 것만 같아서

너에게 내 존재를 알릴 기회인 줄만 알았는데.
넌 내게 관심은커녕, 날 알아보지도 못하더라.
넌 은하수들만 보며 웃어 보이더라.
은하수들에게만 친절하게 대해 주더라.

나는 한낱 은하수였고, 아니. 어쩌면 그냥 우주미아였고.
너는 은하를 좋아했다. 난 지망생이었을 뿐이었다.

나는 세상을 잃었고
나의 전부도 잃었다.

그리고 또 다른 나의 전부였던 은하가
나의 두려움의 대상이었던 은하가
그렇게 무서웠던 은하가 나를 품어서.
공허한 은하가 나를 달래 주었다.

그러나 우주 미아는,
정말 우주 속에서만 살아갈 수 있었다.

22: 아네모네 (10)

이뤄질 수 없는 사랑.
당신이 나를 사랑하지 않아도 전 당신을 사랑합니다.

사랑은 왜 이리 추상적인지.
도통 이해가 가지 않습니다.

우리의 사랑은 처음엔 이뤄질 수 없는 사랑의 아네모네인 줄만 알았습니다.
하지만, 뜻을 더 파헤쳐 보니 기다림이란 뜻도 있었습니다.
그렇다면 우리는, 허무한 사랑을 하는 것일까요?
아니면, 일방적 연애를 제가 사랑이라 착각한 것일까요?

사건의 전말은 이렇습니다.

"내가 널 좋아해도 되는지 모르겠어."

그냥 나의 일탈이었습니다. 안정적인 연애 중에, 갑자기 일탈하고 싶어진
거죠. 왜 그랬는진 잘 모르겠습니다. 저런 무책임한 말을 내뱉고 난 뒤에,
당신은 내 예상과는 다르게 아무런 표정 변화 없이, 그 무엇보다 사랑스
러운 말을 내뱉었습니다.

"좋아하는데 안 되는 게 어딨어. 사랑하면 안 되는 사랑도 있어?"
"우리가 바람 피우는 것도 아닌데, 그냥 풋풋한 연애 하잖아. 연애에 부담 갖지 마."

난 당신의 사랑스러운 말을 듣고, 내가 너무 사랑이란 가벼워 보이면서도 무거운 명사를. 내 생각보다 더욱 가볍게 생각하고 당신께 받은 사랑을 가볍게 봤나 봅니다. 잠깐의 장난 섞인 일탈로 인해 평생을 후회할 뻔했습니다. 그렇게 당신의 사랑을 믿으며 하루를 보냈습니다.

… 왜인지 모르게 당신이 그 말을 끝내고 다시 앞을 봤을 때, 약간의 씁쓸한 미소가 보였지만. 기분 탓이라 웃어넘긴 뒤, 그렇게 깊게 생각하지 않았습니다.

그때 안심할 게 아니라, 마음을 정리했어야 했었는데 말이에요.

며칠 뒤, 당신에게 전화가 왔습니다.

"잠깐 만날래? 할 얘기도 있고, … 보고 싶어서."

"그래, 내가 너네 집 앞으로 갈게."

당신의 집 앞까지 가는데 그렇게 오래 걸리진 않습니다. 해 봐야 10분, 15분이니까요. 그냥 멍 때리면서 걸어가다 보면 당신의 집이 나오니까요.

근데 오늘따라 왜 이렇게 멀게 느껴졌는지, 속으로 저도 모르게 걸어가기 귀찮다고 생각했습니다. 그렇지만, 당신의 사랑에 비하면 이 정돈 아무것도 아닐 거라 생각하며 어느새 당신의 아파트 단지 앞 사거리 횡단보도에 멈춰 섰습니다. 횡단보도 반대편엔 당신이 서 있었습니다. 당신은, 내게 전화를 걸었습니다. 처음엔 뭐지 싶었지만, 일단 받았습니다.

"여보세요? 바로 앞인데 왜 전화했어."

"… 우리 이제 그만 만나자."

"… 어?"

순간 머릿속이 새하얘졌습니다. 설마 어제 말한 그 일탈 하나 때문에 이런 말을 하는 걸까 싶다가도, 횡단보도 건너편에 서 있던 당신이 그런 한마디에 흔들릴 사람은 아니라는 걸 그 누구보다도 잘 알기에 의문투성이였습니다. 수많은 말이 머릿속을 스쳤지만 무슨 말부터 해야 할지 감도 안 잡혔습니다. 그렇게 전 아무런 말도 못한 채 당신만 바라보다가, 당신이 눈물을 흘리자 깨달았습니다.

"… 너, 예전부터 생각했었구나."

당신은 제 말을 듣고 끄덕였습니다. 이 시간엔 차가 많이 지나가는데, 오늘은 우리를 위한 것인지 차 한 대도 지나가지 않았습니다. 덕분에 숨겨

지지 않는 저의 심란한 표정과 당신의 눈물 맺힌 미소가 더욱 더 선명히 잘 보였습니다. … 하필이면 오늘, 거지 같게도.

"미안해. 나 외국으로 유학 가게 됐어."
"정말 미안해. 부모님이 강요해서서…."

외국이라. 말로만 들으면 꽤 별 거 아닌 것 같지만, 사랑의 무게처럼 외국도 그리 가벼운 곳이 아니기에, 그 곳은 정말 먼 곳인데. 당신이 그런 먼 곳으로 가 버린다는 게 왜 이리 쉽게 와닿지 않을까요. 정말 셀 수 없을 만큼 머리를 스쳐 가고 입 밖에 나오려다가 다시 머금은 말이 너무나도 많습니다. 무슨 말을 해야 할지 고민하던 찰나에, 신호등의 초록 불이 켜졌습니다. 횡단보도를 지나가는 단 몇십 초 안에 당신을 떠나보내야 할 준비를 끝마쳐야 했습니다. 당신의 앞에 제가 도착했을 때. 당신은 제게 미소를 보이며 말했습니다.

"내가 다시 한국으로 돌아오는 날까지 날 변함없이 사랑해 줄래?"

저는 한 치의 망설임도 없이 울음 섞인 미소를 보이며 대답했습니다.

"안 될 게 뭐가 있는데."
"네가 그랬잖아. 좋아하는데 안 될 게 어딨냐고, 사랑하면 안 되는 사랑도 있냐고."

당신은 안심한 듯, 나를 그 어느 때보다 꽉 안아 주었습니다. 당신의 간절함이 닿을 정도였습니다. 그래서 당신을 더욱더 떠나보내기 아쉬웠고, 이 기다림이 영원할 것 같았습니다. 당신을 못 볼 생각에 두려웠지만 걱정은 안 되었습니다. 당신이 금방 돌아올 걸 알기에. 큰 걱정과 고민은 생각하지 않았습니다.

"… 어차피 기다릴 사람 너뿐이야."
"걱정하지 마. 너 말고 다른 사람은 눈에 뵈지도 않으니까."

당신은 그렇게 고개를 끄덕이곤 미소와 함께 돌아서 멀리 떠났습니다. 그 이후 우리는 서로를 잊지 않으려 각자의 노력으로 애쓰고 있으며, 나의 첫 일탈은 이제야 모험이 되었습니다.

Episode 3.
사랑과 원망의 무게가 같을 때

#23: 애증관계 (1)

사랑이 원망으로 발전했을 때, 난 아무런 저항도 하지 못했다.
그저 원망을 품을 수밖에 없었다.

차갑게 식은 원망이 따뜻했었던 우리의 사랑을 그리워했다.
그럼에도 이런 일에 흔들리지 말라는 듯이 내 마음에 무게추를 잡았다.

내 마음의 저울은 사랑과 원망 사이에서
이리저리 흔들리다가,

결국 중심을 찾고
더 이상의 흔들림을 멈추었다.

떠나기에도, 버리기에도, 머물기에도.
여전히 힘이 들 수밖에 없기에.

나는 사랑과 원망의 저울에서 애증을 택했다.

내가 선택했던 적도 없고
바랐었던 적도 없던 사랑.

우리의 관계는 딱 그런 관계다.

애증.

우리는 애증이라는 잠깐 기대어도 순식간에 와르르 무너지는

도미노 같은 사랑을 택했다.

우린 기댈수록 무너지는 관계가 돼 버렸다.

24: 장난 (2)

누가 봐도 오해할 만한 상황에
내가 봐도 착각할 만한데.

그런 너는, 내가 좋아할 땐 반응도 없더니
내가 지쳐 돌아서자 내 손을 잡아 주더라.
그런 너를 보고 다시 뒤돌아보면

너는 장난이었다며
세상에서 가장 예쁜 미소를 보여 주고
나의 심장을 관통했다.

사람 마음 가지고 장난치지 마
헷갈리잖아.

그거 어장이야.

25: 먹튀 (3)

너 대체 그게 무슨 심보야

줄 땐 좋게 받으면서

되돌아오는 건 무심함이라니.

너 하나 때문에

내 마음이 흔들리잖아.

슬프고 미워져선

괜히 울적해졌잖아.

더 이상 내 마음을 먹튀하지 마.

갖고 놀지도 마.

뛰지도 마.

밀당도 하지 마.

그냥 쓰다듬어 줘.

보듬어 주고, 소중한 사람이라는 걸 깨달아 줘.

안 그래도 심란한데,

네가 자꾸 그래 버리면

내가 너 하나 때문에

시간 낭비 제대로 한 사람이 돼 버렸잖아.

26: 어항 (4)

너라는 작디작은 어항에,

너라는 매력에 빠진 금붕어가 되어 빠져 버렸다.

나갈 수 있는 곳은 어항 밖으로 나가는 것이었다.

내가 만약에 어항 밖으로 나가게 된다면,

감히, 감히 나가게 된다면….

내가 너를 못 본 체 할 수 있을까?

나는 너를 보고 기억력 안 좋은 금붕어처럼

또다시 너의 매력이 풍부한 어항에 들어갈 것이다.

그렇게 혼자 발버둥 칠 때면,

어느 날에는 또 네가 보란 듯이 어항의 외면을 닦아 주는 날이 온다.

… 너는 정말 여전하다.

외면을 정성 들여 닦으면 뭐 하나,

어항을 청소하려면 물부터 갈아야 하는데.

너는 어항의 내면을 존중하지 않았고,

나는 어항의 내면 속에서 숨통이 점차 멎어 갔어.

곰팡이가 무중력을 만나
지친 사랑을 피워 냈어.

27: 꽃 (5)

'좋아하다.'
꽃 한 송이를 들고 머뭇거리는 풋풋한 분위기.

'사랑하다.'
꽃밭에 머물러 한참을 바라보다가, 피식 웃곤 스쳐 지나가는
표정으로 추상적인 사랑을 표현할 수 있는 분위기.

너는 내게 꽃 한 송이를 주며 웃어 보였는데
아쉽게도 난 꽃가루 알레르기가 있어서.
그 꽃을 차마 받아 낼 용기도, 꽃을 가꿔 낼 정도의 사랑도 부족했어.

대신 나는 너를 떠나보낸 지금도
꽃밭을 보면 너를 생각하다,
그땐 그랬지, 하고 웃어넘겨.

그때 그 시절. 우리는, 나는.
철없게도 부드러운 네 목소리에 여기저기 흔들리며
네 마음을 굳이 훔쳐보려 기웃대고
괜히 아쉬운 마음에 후회하고 있을 무렵,

'널 아직도 사랑하는구나.'
…싶어, 얼굴이 붉어져선

네가 내게 뭣도 모르고 선물 했던 장미 꽃밭 속,
유독 빨갛게 달아올랐던 장미 한 송이와 내가.

너무나도 똑 닮아 보였을 순간에,
너는 사랑을 느꼈을 순간에.

너는 나의 심장 곳곳에 네 달콤한 목소리가 묻어 있는 장미 꽃잎을 흩뿌
려 놨을 순간에.

사랑을 깨달았다.
조금의 원망도 되었다.

나의 소박한 사랑이지만 아낌없이 맞이해 주길.
다른 사랑과 비교하지 말아 주길.
나만을 사랑해 주길.

이 사랑스러운 마음을 원망하지 말아 주길.

28: 시소 (6)

우리는 이리저리 흔들리는 시소 위에 있었다.

너는 마냥 어린이처럼 재밌는지 웃어 댔지만
나는 자칫하면 떨어질까 봐 불안해서
손잡이를 꽉 잡고 부들대고 있었다.

너는 그런 나를 보며 사랑한다 했지만
왠지 모르게 사랑이라는 말을 들어도

예전처럼 쉽게 설레지가 않았다.

느껴졌다.
아니, 느껴졌었다.

사랑이란 말을 들을 때면
갑자기 느낀 설렘을 표현하며 빨라지던 심장과
붉은 노을처럼 타오르던 귀가
이제는 심장이 빨라지지도,
타오르지도 않았다.

내 심장은
'이러면 안 되는 걸 너도 알잖아.'
…라며, 위태로운 마음만 가득했다.

그런데도 네가 싫지 않았다.
우린 사랑이 추락하는 순간마저

달콤한 듯 아찔하고
위태로운 청춘이었다.

29: 백일몽 (7)

매일 꿈을 꾸는 어린 소녀가
잠들기 전에 양을 세는 것 정도는 당연했다.

매일 모험을 떠나는 어린 소년도
잠들기 전에 자신의 하루를 일지에 담는 것 정도는
그저 일상으로 퉁 치기 가벼웠다.

그런데 이 두 소년 소녀가 만나서
꿈결 같은 모험을 시작했다.

하지만 얼마 지나지 않아
두 소년과 소녀는

금세 지쳐 잠에 들고 말았다.

시간이 얼마 지나지 않아, 본인들의 침대에서 각자 깨어났다. 그 달콤한
꿈에서 깨어난 것에 대해 서로를 탓하기 바빴지만 속으론 알게 모르게 서
로를 사랑하느라 바빴다.

서로를 잃기 전엔 편안함과 안정감으로 없어도

괜찮을 줄만 알았지만,

막상 서로를 영원히 잃고 나서야 서로의 소중함을 느꼈다.
하지만 그것은 그들만의 사랑의 법칙이었기에.

더욱더 달콤한 꿈은 이뤄지지 않았다.
모험도 더 이상 진행되지 않았다.

그냥 그저 그런
한낱 백일몽이었다.

#30: 피아노 (8)

너의 연주는 마치 네가 악보 위에 음표가 되어
점차 하늘 위를 둥둥 떠다니는 것 같았다.

나는 그런 너를,
너의 연주를 사랑했다.

너의 노래는 화음부터 마지막을 알려 주는 피날레와
그리고 늘 마지막을 맺었던 계이름 낮은 도가, 아주 완벽해서 중독될 정
도였다.
그래서 난 너의 피아노 연주를 아주 깊게 사랑할 수밖에 없었다.
너는 조금 실수를 해도 괜찮을 타이밍에도 완벽하게 곡을 소화해 결국 해
내었다.

너는 완벽주의자에다가, 정확한 절대음감.
너의 특기와 장점을 설명하자면 저 두 개가 꼭 필요했다.

게다가 보컬도 완벽하고, 너는 곧장 피아노를 치며 노래를 부를 수도 있
었던 완벽함의 대명사였다. 그런 너는 그저 외롭다는 핑계로 나를 보컬의
자리에 끌어당겼다. 왜인지 꽤 귀찮은 일에 너와 함께 엮이는 일이 마냥
싫지는 않은 게, 난 너를 좋아하게 된 것 같다. 넌 피아노를 칠 때 그 어느

때보다 밝게 웃고, 빛나서. 네 웃음을 영원히 바라보고 싶었다. 마음 놓고 너를 사랑하고 싶었다. 너의 연주의 시작을 알리는 경쾌한 건반 소리들이 괜스레 내 마음을 울리는 듯했다. 너의 울림에 맞춰 흔들렸다. 그게 네 장난스런 마음인 줄도 모르고. 그게 네 진실된 마음인 줄만 알고 이리저리 흔들렸다. … 사랑의 마음 위에선 장난치면 안 된다고 하던가. 너는 완벽주의자에, 절대음감까지 규칙을 정말 잘 지켰지만 사랑의 마음 위에선 예외였나 보다. 너는 보란 듯이 규칙을 깨부쉈고, 난 네 마음과 울림이 진심인 줄만 알아서 홀라당 넘어갔다. 이젠 너를 원망할 수도, 사랑할 수도 없는 상태가 돼 버렸다. 그냥, 그저 너의 마음이 진실로 바뀌기만을 기다려야 했다.

함부로 너를 원망할 수 없기에 차라리 나를 탓했다.
너를 사랑하는 나 자신이 미웠다.
앞으로의 남은 생은 너와 연주하며 살아야겠다.
그렇게 옆에서라도 지켜보며,
너를 영영 못 보는 것보다.
속으로만 네게 애타고 좋아하는 게 더 나을 듯하다.

훗날 난 장난스런 사랑에 빠지게 된다 해도,
나는 너를 잊지 못할 것이다.

넌 내 첫사랑이자
내 끝사랑이니까.

#31: 구원자 (9)

어둠 속에 홀로 일렁이던 나를
구원해 준 건 너였는데

푸르스름한 곰팡이 색의 하늘이 밝아 오기 시작하면
그제야 난 너를 떠올린다.

너를 겨우.
떠올렸다.

감성에 젖어선
구원자를 못 알아보았다.

32: 사랑 (10)

너무 사랑해서 성급했다.

내 생각엔,
사랑은 가장 가벼운 단어이다.

그 가벼운 단어에 사람들은 인생을 건다.

사실
사랑이란.

사랑하는 사람들에게 가장 안 어울리는 말이다.
사랑이란 두 글자 속에 그들을 가두기엔
너무나도 사랑이 모자라다.
그들은 이미 사랑을 넘어선 애증을 다툰다.

또 다른 소수는
사랑이란 이름으로 이별을 하고,
서로가 미운 마음을 갖고,
사랑이란 핑계로 지겨운 만남을,
사랑을 다루기엔 너무나 가벼운 만남을,

정말 진정한 사랑을, 사랑이라 알아보지 못한 채로
영영 이별해 버리는 실수를.

너무나 다양하고 많은 사랑이 존재한다.

그들은 자신의 사랑을 위해서
그 어떤 속박도, 집착도, 꽉 틀어막힌 태도와 자신의 의견만 고집하는 이
기적인 마음도,
그 어떤 시련도, 의미를 찾을 수 없는 괜한 빈말도, 이별도, 미련도.

모든 불행을 견디며 이겨 낸다.

… 아. 완벽한 사랑을 위해서라면
이별의 피날레도 중요하다.

그 사이에 원망이 피어날 수도,
그 사이에 미련이 피어날 수도 있는 것이니.

사람이 얼마나 빠른 순간에 사랑을 깨닫게 되는지
가장 빠르게 알 수 있는 시련이자, 사랑이다.

이별도, 사랑의 단계이며.

이별로 인한 미련도,

사랑을 품은 원망의 단계이다.

Episode 4.
시공을 초월한 마음이

33: 겨울 밤, 네 체온 (1)

나는 네가 좋다.

무엇보다도 너의 추울 땐 따뜻하고,
더울 땐 시원한 너의 체온이 좋다.

그리고 오늘처럼 시원 쌀쌀한 겨울밤에 내리는 첫눈이 괜스레 웃음을 짓
게 만들고 텅 비어 허전한 나의 마음을 스쳐 가는 바람처럼 지나쳐 살얼
음을 만든다.

나는 그런 내 마음을 고백할 것이다.

차마 말이 나오지 않아서
입만 옴짝달싹했다. 나는 어렵게 말을 떼었다.

"예전부터 좋아했어."

… 너는 나를 빤히 바라봤다. 난 네 그런 모습마저 좋았다. 그리고 넌 대답
했다. 나보다 더 좋은 사람을 만날 수 있을 거라며, 웃었다. 그 사람은 어
째 웃고 있었지만 속으론 미안하다며, 이런 나라서 정말 미안하다며. 괜
히 나에게 용서를 구하는 듯했다.

"… 너도 나 좋아하는 거 아니었어?"

너는 나를 위, 아래로 훑어보더니 말했다.

"그게 무슨 소리야. 난 그런 적 없어."

말과는 다르게 네 눈에서 보석이 떨어졌다.

"… 근데 왜 우는데?"

"… 추워서."
"날도 추워서 외롭고 쓸쓸한데도, 너처럼 나한테 과분한 사람을 받아 주기엔 내 그릇이 너무 작아."

… 네 얼음장 같던 손을 내 두 손으로 감쌌다. 그리고 너를 보며 너의 마음에 하나하나, 내 말들을 꽂았다.

"그럴 리가 없잖아. 그리고, 누가 그릇 해 달래? 그렇게 걱정이면, 그렇게 내가 너보다 과분한 사람 같으면, 내가 너의 그릇이 되어 주면 되잖아."

그 사람은 내 손을 뿌리치며 말했다. 내 두 손은 따뜻한 열이 저 사람의 손에 전도되어 차갑게 식었다. 내 손을 다시 얼게 만든 너의 체온을, 왜 내 체온마저 가져간 너의 체온을 다시 확인해 보고 싶었을까.

"난 네 그릇에 들어가기에도 너무 오염된 물인걸."

얼음장 같던 그 사람의 손을 녹여 주었다. 나는 하필 핫팩이나 손난로였고, 그 사람은 하필이면 열을 꽤 많이 피해야 하는 외톨이 눈사람이었나 보다.

"… 정말 무슨 말을 해도 넌 싫다는 거구나."
"미안. 조심히 들어가."

"응."

너의 작별인사가 내 귓속을, 겨울이 지나면 봄이 찾아오는 것처럼, 그렇게 쉽게 지나쳤다. 금세 지나쳤지만 잊지 못할 정도로. 그만큼 사랑했나 보다. 내 두 손에 따스한 열이 남아 있던 사랑이란 이름의 마음이 시공을 초월해 너에게 도착했다. 하지만 너는 하필 사랑을 하기엔 너무 일렀고, 나는 너무 성급했다. 그렇게 시공을 초월한 마음은 흩날리던 눈과 함께 서서히 다시 날아갔다.

저 멀리, 영영 찾지 못한 채로 날았다. 그 마음은 꽤나 차가운 공기와 코끝이 시린 바람을 꿰뚫고 저 멀리 날아가 버려 결국 자유를 찾았길.

34: 취중고백 (2)

우리가 둘이 꼭 붙어 있다 보면, 주변에서 꼭 물어보는 한 가지 질문이 있다.

"너네는 대체 언제 사귈래?"

그리고 올해도, 어김없이 이 질문을 받았다. 그럼 우리는 정해놓기라도 했다는 듯, 망설임 없이 대답한다.

"뭐? 우리 완전 베프야."

"응, 우리 그냥 친구야."

내가 너를 계속 보는 방법은
고백을 하지 않는 것이다.

"쟤네 벌써 몇 년 만났지?"

"글쎄? 9년 정도 됐나."

"그럼 사귈 때도 되지 않았나?"

"몰라. 서로 아무 사이 아니라잖냐."

그 말을 들은 나는 귀가 붉어졌다. 아니, 육안으론 보이지 않았지만. 느낌이 왔다.

"… 나 바람 좀 쐬고 올게."

"나도 갈래. 같이 가자."

… 하, 너 때문에 바람 쐬러 가는 건데 네가 따라오면 어떡하나, 싶기도 했다. 나는 '너는 꼭 내가 바람 쐬러 나가려고 하면 따라오더라.' 라는 말이 스쳤지만, 차마 하지 않았다. 괜한 어색함을 만들기 싫었다.

"너 많이 취한 거 아니야? 괜찮아?"

"뭐래. 술도 못하는 게 누가 누굴 걱정해?"

… 그리고 하나 더 궁금한 게 있었는데, 왜 나만 너를 베스트(Best)라고 생각하고, 넌 왜 아직도 내가 저스트(Just)인지. 그리고, 난 왜 저런 사소한 것들에 의미부여하며 속상해하는 내가, 너무나도 비참해 보이는데. 늘 주인 잃은 강아지마냥, 끙끙대며 혼자 앓는데. 이리도 안타까울 수 있을까?

"내가 널 계속 보는 이유가 뭔지 알아?"

"뭔데?"

"… 진짜 말 안 하려고 했는데."

"뭔데, 말해 봐."
나는 입술을 꽉 물었다가, 한숨을 푹 내쉬었다.

"내가 너한테 고백하면 멀어질까 봐."

… 적막한 공기가 우리를 거슬러 지나갔다. 너는 그냥 날 바라보고 있을 뿐이었고, 나는 그런 너를 쳐다보다가 고개를 숙였다. 수치심이 밀려왔다. 그래, 충동. 정말 충동적으로 벌인 일이었다. 그냥, 이젠 말해야 할 것 같아서 뱉어 본 말이었다. 그냥 네가 웃어넘길 줄 알았다. 근데 그런 표정을 지을지 누가 알았겠어. 그렇게 대단한 말도 아니었으니까, … 아마도.

"내가 너 얼마나 좋아했는지 예상이 가?"
"바보 같이 고백도 못 하고 얼마나…"

난 훌쩍이며 볼을 타고 흐르는 나의 눈물을 닦았다. 그 닦아 주는 손길이 내가 아니라 너였다면 얼마나 좋았을까. 물론 그럴 일은 없겠지만, 난 괜히 기분이 알싸해졌다. 표정관리가 안 되는 기분이 들었다. 애써 눈웃음이라도 지어 보려고 했지만, 내 마음과는 다르게 입꼬리가 그렇게 쉽게 올라가지 않았다. 오히려 웃으려고 하면 할수록 눈물이 튀어나올 듯했다.

감정이, 이성을 휘둘렀다. 이성은 바보 같았다. 그때, 네가 말했다.

"울지 마."

… 그리고 더 돌아오는 말은 없었다. 나는 눈물을 최대한 숨기며 자리를 떠났다. 도망치듯 그곳을 빠져나왔다. 그 이유는, 네게 실연당할 것 같기 때문이 아니라. 너는 그 와중에도 나를 토닥여 주지도 않고, 내 눈물을 닦아주긴커녕. 나와 눈도 마주치지 않고 말로만 무심하게 울지 말라며, 내 마음에 상처를 입혀 놓곤 또 나를 할퀴었다.

상처가 아물지 못한 채 쓰라렸다.

이젠 너를 더 못 보게 될 거라고 생각했다.
마음 놓고 울며 집으로 달려갔다.

그러다 집에 도착해 울다 지쳐 잠이 들었다. 정말 기절하는 듯이 잠들었다. 그래, 사람은 스트레스를 많이 받으면 잠을 많이 자니까. 그런 거다, 정말 단순 스트레스로, 울다가 지쳐서 잠든 거다. 그러다 벨소리가 울렸다. 눈을 비비적대며 휴대폰을 실눈으로 쳐다보았다. 같이 놀던 친구 중 한 명이었다. 나는 왜 네가 아니라서 심장이 쓰라렸을까. 전화는 그렇게 수신음만 울리다 끊어졌다. 한숨이 나도 모르게 나왔다. 알림창을 내려보았다.

[01:20 AM. +3 메시지]

너였다.

차마 내용을 보기 무서워서
미리보기를 살며시 눌러 보았다.

[미안해 네가 그렇게 가 버릴 줄 몰랐어.]
[앞으론 너 할 말만 해 버리고 그렇게 먼저 가지 말아 줘.]
[나도 너 좋아한단 말이야.]

… 꿈이 아니었다.

35: 야망 (3)

설렘 또한 야망이고
두려움 또한 사랑이다.

첫 만남의 설렘이, 첫 고백의 아찔함이
무심한 너를 사랑이라 부르게 했다.

그런 너는 나를 또 다른 사랑이라 불렀다.

야망.

나는 네 야망이었다.

36: 애열 (4)

눈물이 떨어졌다.

울었다.

기뻐서 울었다.
너무 울어서 목이 메었다.

너는 내가 이러고 있다는 사실조차 모르겠지만
내 눈물이 아깝게 쓰이지 않아서
너무나도 다행이었다.

아무래도 너라서 다행이었다.
값지게 쓰여서 다행이었다.

눈물이 떨어져 시공을 뚫는 동안
이게 바로 사랑이었나, 싶었다.

역시 이건 사랑인 듯하다.

37: 결말 (5)

"나 너 좋아해!"

그때였습니다.

"미안. 난 너 친구 좋아해."

제가 여름의 청춘을 믿지 못하게 된 순간이.

...

그날은 무더위가 하늘을 지배하던 날이었습니다. 나는 언제나 늘 그랬듯, 아침 일찍 준비해 머리를 높게 질끈 묶고 앞머리를 정리한 뒤, 엘리베이터를 타고 내려가고 있었습니다. 전 화창하고 쌀쌀한 바람이 부는 여름날의 아침을 맞이하려고 했습니다. 오늘따라 컨디션도 좋은 게, 느낌이 좋습니다.

"여보세요?"
"나 이제 가고 있는데, 왜 전화했어?"

"야. 너 오늘 고백할 거라며, 왜 이렇게 안 와!"

"어차피 걔 맨날 지각하잖아. 나도 아침엔 여유 좀 부리자."

"걔가 오늘도 지각했으면 전화 안 했지. 지금 답지 않게 나보다 일찍 와서 쟤 숙제하고 있어. 내가 봤을 땐 신이 너를 도운거야."

"뭐? 아, 씨. 빨리 갈게! 반에 너밖에 없어?"

"어. 나 동아리 가야 해. 빨리 와!"

"응, 지금 빨리 갈게!"

게다가 오늘은 제 진심 섞인 마음을 고백하기로 결심한 날이기도 했습니다. 선선한 바람이 부는 여름날의 햇빛은 나를 설레게 하기 딱 좋은 날씨였습니다. 다행히 학교와 거리가 가깝던 저는 단숨에 교실까지 도착했습니다.

"야! 무슨 숙제 해?!"

"그냥 수학."
"… 뛰어왔어?"

"아, 티 나?"

"아직 지각도 아닌데…."

"그, 그냥! 뛰고 싶어서…."

너는 나를 빤히 바라보더니 피식 웃었다. 마치 못 말리기라도 한다는 듯,
그렇게 웃었다. 심장이 요동치는 기분이었다.

"너 여기 머리카락 걸렸다."

"… 어? 어디? 여기?"

"아니. 잠깐만 가만히 있어 봐…."

사락-

네 손길이 내 머리카락에서 볼을 스쳤다.
내 귀가 빨갛게 달아오르는 게 느껴졌다.
네 손은 여름과 맞지 않게 차가웠다.

"응. 이제 됐다."

"나, 너한테 할 말 있는데. 잠깐 나올래?"

"금방 끝나지?"

"… 음, 아마도? 일단 나와 봐. 들으면 알아."

오늘은 고백을 하기로 한 날이기에, 더더욱 하루를 망치면 안 됐었습니다. 그런데 신은 인간에게 운명의 장난을 거는 취미라도 있는 걸까요? 평소에 신에게 많은 기도를 드리지 않았기 때문인지, 신은 무심하시기도 하시지. 이게 썸이 아니면 뭔가 싶었는데. 많은 시간을 쏟아붓고 많은 감정을 소비했던 너에게,

"미안. 난 너 친구 좋아해."

한 치의 망설임도 없이 대차게 차여 버렸습니다.
… 그것도 제 친구를 좋아한단 사실과 함께요.

우리는 그 무엇도, 아무것도 아니었습니다.

"… 내가 널 좋아했단 사실이, 앞으로 이뤄질 네 연애에 방해 되지 않길 바랄게."

그렇게 제 여름날의 청춘과 고백, 사랑은 뭣 같이 멸망하고 말았습니다. 그리고, 이젠 더 해야 할 일이 남아 있었죠. 나를 정말 진심으로 밀어주던, 나의 사랑을 응원해 주던 네가 이 말을 들으면 무슨 표정을 지을지 너무

두려웠습니다.

"… 걔는 너 좋아한대."

우리의 표정은 역시나 어두워졌습니다. 순수하게 궁금해하던 너의 표정
도, 직접 말하니 후련하긴커녕, 오히려 더 안 좋아진 우리의 분위기가. 너
무나도 암울했습니다.

"난 너랑 친구 계속 하고 싶어."

하지만 나는 너를 원망할지도 모르겠다고 생각했습니다. 난 그저 끄덕였
지만, 너보다 내가 더 많은 시간을 쏟아부었는데 왜 막상 사랑을 받은 건
너인지, 분하고 억울했지만 그게 결코 네 잘못은 없어서 아무 말도 못한
채 울먹이기만 했습니다. 나는 사랑도 잃고 사람도 잃었습니다. 너무나도
숨 쉬기 힘들었지만 애써 버텼습니다. 시공을 건넜는데, 막상 돌아오는
건 다름 아닌 암흑이었습니다. 달콤한 일상이 무너져 내렸습니다. 나의
용기는 금세 사그라들어 잿빛이 되었습니다. 그 어느 때보다, 허무한 결
말이었습니다.

38: 명왕성 (6)

너는 나를 기억하니?

안녕, 나는 잊힌 별.
수금지화목토천해, 명왕성이야.

나는 오늘도 네 과학 교과서에 몰래
"나를 기억해 줘."
…라고, 늘 기억해 달라 애원하고 있어. 정확히는 네 기억 한편 속에 몰래 속삭였지. 네가 울다 지쳐 보내다가 지워 버렸던 위로가 필요해 보이는 메시지가, 하늘에 떠다니는 별들을 타고 시공을 초월해 지루한 나날만 보내던 내게 닿았어. 너의 체온이, 너의 눈물이 묻은 가득한 슬픔은 우주를 한 없이 유영하던 내겐, 새로운 흥밋거리였어. 그때부터였어. 너의 감정을 잊기엔 너무나도 특별했고, 작고 소중해서 너를 잊지도 못하고 얼마나 애탔는지 몰라. 내가 널 만나게 된다면 꼭 말해 주고 싶었던 말들을, 네가 날 또 기억해 주지 않을까 싶어서. 혹시 몰라 오로라 속에 숨겨 놓았어. 너는 나를 존재만으로 빛나게 만들어서 괜히 내가 인정받은 행성인 것 같아, 그냥 내 주변이 밝게 빛나는 기분을 들게 해 줘. 나는 그저 인간들에게 잊힌 명왕성인데. 너는 하필 나를 기억해 줘서, 나를 우연히 떠올려서, 또 나를 희망에 잠기게 해. 넌 날 우연히 마주쳐도 우연이 아닌 듯 나를 능글맞게 다뤄.

"널 보면 볼수록 슬픈데, 이상하게 또 너랑 눈이 마주치면 아찔해. 그 속에 미묘한 달콤함이 나를 미치게 해."

그럼 너는 눈웃음을 생긋 지으며 나를 바라봐, 그리고 가벼운 터치를 한 뒤 내게 말하겠지.

"이러면 조금 달콤한 맛이 나나요?"

"… 그리고 네 감정은 솔직한데, 넌 그와 다르게 거짓말을 참 잘해."

"그래서, 싫으세요?"

… 아, 정말. 이래서 내가 널 잊을 수 없는 거야. 이러니까 네가 내 기억 속을 떠다니는 걸 테야. 너의 입술은 달콤한 바다의 비밀 같은 맛이 나.

"응. 진짜 싫어."

나는 일부러 네게 거짓말 했어. 그래야 다음에도 네 입술과 맞닿아 볼 수 있을 테니까. 나는 너라는 파도에 휩쓸려서 나의 두 눈과, 피부에 차갑게 스며들고 폐와 심장을 거쳐 내장까지 전부 너로 차올라서 쉽게 부서질 수 있을 테니까. 너라는 물로 차올라서 명왕성을, 온 우주를 너로 잠기게 만들 수도 있을 것 같았으니까. 그래야만 내가 널 기억할 수 있었으니까. 그래야만 했으니까. 난 네 웃음과 따뜻한 마음씨, 그리고 너의 슬픔 가득한 미소, 사소하지만 너와 나의 아찔한 눈맞춤과 달콤한 입맞춤마저 너무 좋아져 버렸으니까. 이젠 너란 우주에 빠져나갈 틈도 없이 익사하게 생겼으니까.

명왕성은, 사랑에 서툴렀으니까.

39: 운명 (7)

내가 너에게 줄 수 있는 건
단지 사랑한다는 단 한 줄의 말뿐이기에

아끼고 또 아끼며
사랑한다는 말보다 더 예쁜 말을 찾다가
결국 아무 말도 못한 채로 타이밍만 놓쳐서
네게 오해만 쌓이다 너를 놓쳐 버렸어.

왜 너를 잃어서야 깨달은 건지
네가 내게 알려 준 감정은 사랑이었고
나는 그 사랑을 미처 알아채지 못했다.

우리가 필연적 운명이었으면 얼마나 좋았을까.
아쉽게도 신의 장난은 인간이 받아들이기엔

너무나도 공허한데다

잔인하고 비참했다.

40: 첫사랑 (8)

"야. 나랑 사귈래?"

"… 응?"

어쩌다 보니 고백 공격을 당했습니다.

"그, 나 언제부터 좋아한 거야?"

"글쎄. 꽤 됐어. 두 달 됐나…?"

"… 그게 그렇게 태평하게 할 말이야?"

"왜. 문제 있냐?"

"… 문제는 없지. 응, 아무래도."

"그래. 그럼 사귈래? 나 너 되게 많이 좋아해. 엄청, 그래. 사랑해. 나 너랑 결혼도 하고 싶고 너 눈 닮은 애 2명? 정도 낳아서 너랑 오순도순 잘 살고 싶어."

"… 장난이지?"

"진심인데. 장난 같냐?"

"왜 하필 눈이야."

"그냥. 나 너 눈이 제일 좋아."
"그래서, 대답은? 사귈래? 나 이거 세 번째야."
"… 지금 굉장히 태연해 보이지? 나 사실 조금 부끄럽거든?"

"고민 좀 해 봐도 될까."

"응, 천천히 생각해."

… 나는 그렇게 빠르게 우주부터 떨어지던 너의 매력에 휘말려 버렸다.
바보처럼, 빠져 나오지도 못했다.

"그냥 차 버려."

"그렇게 쉽게 정할 일이 아니라고. 나 진지해! 걔 친구로 지냈을 땐 나쁘
진 않았는데…."

"그래서. 넌 걔 싫어?"

"… 싫지는 않아."

"뭐야. 그럼 좋아하냐?"

"… 모르겠어."

"… 하여튼. 넌 네가 걔를 좋아하는지, 싫어하는지도 잘 모르면서 벌써 찰지, 말지부터 정하고 있냐? 너는 이래서 연애를 못 하는 거야. 그러니 첫사랑이 없지. 넌 무조건 당연하게 다 찰 생각만 하잖아."

"… 응. 그러고 보니 부정적으로만 생각했어."

"너 한 번쯤은 일탈해도 괜찮지 않아? 우리 이래 봐야 한낱 자유로운 고딩인데? … 뭐, 난 학창시절에 연애 한 번쯤 해 보는 거 괜찮다고 생각해."

"… 그런가, 좀 더 고민해 봐야겠어. 난 걔가 정말 친구 사이 이상으론 안 될 줄 알았는데."
"이럴 줄 알았으면 그냥 그때 계속 좋아할걸 그랬네."

"그러게 왜 그랬, … 잠깐만, 뭐라고? … 너 걔 좋아했었어?"

"그냥, 착각이었어. 아마도. 더 이상은 과거에 연연하고 싶지 않아."

"이런 모질이 같은 새X. 다시 좋아하면 되는 일을 왜 안 하려는 건데? 아, 멍청아!"

나는 곰곰이 생각했다. 그 애는 푸르른 여름날에 나에게 처음으로 다가왔었다. 작년에도 같은 반이었는데 올해도 같은 반일 줄은 모르고 짝사랑을 어정쩡하게 접은 뒤 그냥 친구로만 지냈었는데. 그 애와 나는 썸이었나 보다. 하지만 그 애는 솔직히 나에게 과분하다. 나보다 더 좋은 사람을 만나서 더 좋은 연인으로 발전해서 더 좋은 인연을 맺고 더 좋은 관계를 유지하고 그러다가…. 아, 역시 걘 나보다 더 좋은 사람을 만나는 게….

"… 아. 모르겠다."
"넌 아이스크림 다 먹고 올라와. 먼저 올라갈게."

"뭐?! 야, 야! 나 혼자 외롭게 두고 가지 마!"

나는 네 마음이 어장인 줄만 알았다. 네 주변엔 나 같은 사람 말고도 많은 사람들이 가득해 너는 인기 속에서 살아가야 했다. 그래서 나 같은 건 눈에 뵈지도 않을 줄만 알았다. 친구로서 옆에 남아 있어도, 그런데 넌 내 예상보다 꽤나 외로웠나 보다. 원래 인기 속에 살아가던 연예인들이 우울증에 가장 잘 걸리는 것처럼, 너도 마음이 외로웠나 보다. 너는 나에게 거짓을 말하지 않았고 달콤한 말로 진실만을 속삭였다. 그 진실이 거짓이라도 달콤했으니 상관없었다. 난 너를 허망하게 떠나보낼 준비가 되지 않았나 보다. … 어째서인지 마음 한구석이 시린 듯 아팠다.

… 우린 직접적인 연애를 하지도 않았는데.

"대체 왜 이럴까…."

그날 밤. 잡생각에 뒤엉켜 잠에 들지 못하고 눈만 감고 있었다. 사실 잡생각이라기엔, 네 생각만 가득했지만 …. 네게 연락이 왔으면 했다. 하루가 끝나가는데 아직도 고민만 하고 있던 나라니. 먼저 너에게 연락을 해 볼까 싶어 휴대폰을 켰다. 너도 나와 같은 생각을 한 것일까. 너한테 연락이 왔다. 너의 메시지는 답지 않게 분위기가 축 처져 있었다. 하루종일 선넴도 없더니만 결국 토라졌나보다. 아니라면, 그냥 새벽이라 조금 차분해진 걸까.

[생각해 봤어?]

대답하려 했으나 차마 손가락이 움직여지지 않았다. 나는 어차피 너를 매몰차게 차 버릴 생각뿐이었는데, 왜 이렇게 도통 대답이 쉽게 나오지 않는지. 다시 생각해 보라는 신의 계시인 걸까. 이게 바로 운명인 걸까.

[읽씹하지 마.]
[나 기다렸어.]

난 네가 보낸 메시지에 홀린 듯 답장을 했다.

[내가 널 좋아해도 되는지 잘 모르겠어.]

이걸 본 너는 무슨 생각을 할까. …라며, 잠시 눈을 감았다. 눈을 감았다 뜬 내 천장은 어둠으로 까맣게 물들어선 창문에서 새어 들어오는 가로등 빛이 꽤나 상대적으로 밝아 보였다. 나는, 어둠이고 넌 나를 빛내 주는 가로등이었다. 난 다시 너의 연락망을 보았다. 너는 수십 번을 입력 중이었다가 다시 말풍선이 없어지고 있었다. 내가 워낙 거절 멘트로 말 했던지. 너는 무슨 말을 해야할지 헤매는 듯 했다.

[나도 너 작년부터 잠깐 좋아했었어.]
[근데 난 이제 잘 모르겠어. 네가 날 안 좋아할 줄 알고 널 잊어 가고 있었어. 이렇게 네가 날 좋아하게 될 줄 몰랐어.]

그제야 넌 안심했는지 몇 분 되지도 않아 대답했다.

[나 그냥 맘 놓고 좋아해 줘도 돼.]
[네가 내 끝사랑인가 봐.]
[나 지금 18년 인생 살면서 연애는 수도 없이 많이 했는데]
[너처럼 1년 넘게 못 잊은 애는 네가 처음이야.]
[그러니까 네가 나를 마음껏 좋아해 줘도, 사랑해 줘도 돼.]
[주기 싫으면 난 일평생 너 좋아하면서 살게.]

[그럼 난 뭐 하면서 사는데?]

[너는 내 사랑 받으면서 일평생 살아.]

… 다행이었다.
내게 사랑을 줄 수 있는 사람이 생겨서.
사람이, 사랑이 되었다.

[ㅋㅋ 감당 되겠어?]

[당연하지.]

[앞으로 잘 부탁해.]
[전화할까?]

[좋아.]

그날 밤은 끝없이 영원하길 바랐다.
다음 날이 찾아오지 않았으면 했다.

이 순간이 영원하길.

41: 끝사랑 (9)

어느 날 운동장 벤치에 네가 앉아 있었다. 너의 머릿결이 왠지 부스스한 게 귀여워 보인 지 어느덧 두 달이 지났다. 이제는 고백해야겠다 싶어 너에게 무턱대고 찾아갔다. 너의 옆에 앉아서 너의 어깨에 내 머리를 기대며 말했다.

"야. … 나랑 사귈래?"

기분이 몽롱하고 붕 뜬 기분이었다.
우주의 중력을 무시한 기분.

난 네 반응을 살펴보았다.

"… 응?"

… 아. 망했다.

그 이후로 수많은 너의 질문 세례가 이어졌지만 내가 어떻게 대답을 했는지도 기억나지 않는다. 그냥 몽롱했다. 정신이. 괜한 고백을 한 건가 싶었다. 솔직히 작년부터 우린 무언가의 핑크빛 분위기가 있었지만 애써 모른 척하며 네가 먼저 고백하길 기다렸다. 너는 정말로 내게 많은 웃음과 사랑 담긴 미소를 쳤지만 끝내 고백하지 않았다. 그렇게 우린 일 년을 마무리했다. 솔직히 그 이후로 네가 연락을 더 할 줄만 알았다. 다행히 같은 반이 되어 다행이었지만 너는 왜인지 나를 더 이상 좋아하지 않는 듯했다. 조금 슬펐다. 이게 바로 외사랑인가. 싶었기도 했다. 너는 내가 너를 얼마나 좋아하는지는 제대로 아는지 궁금하기도 했다. 오늘 하루는 너 생각만 하다가 하루를 거의 다 날렸다. 수학학원에 가서 외운 공식이 생각이 안나는 이유는, 영어학원에 가기 전 외웠던 단어가 생각이 나지 않았던 이유는, 국어 논술을 풀다가도 문법이 이해가 안 가서 풀이과정집을 뒤적거리는 게 아니라, 헛된 잡생각만 하다가 시간을 날리는 이유가. 오늘 하루는 네 생각으로 가득 찼기 때문이란 거. 덕분에 복습을 빡세게 해야겠지만. 어쩌겠나, 네가 좋아져 버린 걸. 이건 그 누구의 탓도 아니다. 그냥 내온전한 순진무구한 마음일 뿐이다. 그걸 멋대로 고백한 내 이기적인 마음탓이기도 했다.

"아⋯! 잠깐만."

평소대로 친구들과 모여 농구를 하고 있었다. 농구공을 튕기다가 갑자기 고백했었던 순간이 떠올라 순간 공을 놓쳐 버렸다. 내가 너를 놓친 것처럼. 손에서 공이 순식간에 빠르게 빠져나갔다.

"나 진짜 뭐 하나⋯."

"너 아침부터 하루 종일 정신 안 차리고 뭐 하나?"

"… 아니. 나 진짜 병X이야. 어떡하지?"

"왜 갑자기 자존감을 떨궈?"

"그냥. 그럴 만한 이유가 있어."

"너 컨디션 안 좋지."

"아냐. 학교에서 일이 좀 있어서…."

"뭔데? 농구 그만하고 말해 봐. 너 무슨 일 있잖아."

"… 역시 네 눈은 못 속이네."

나는 벤치에 앉아 있던 학원 친구의 옆에 앉아 쉽사리 입을 열지 못하다가, 친구의 재촉하는 듯한 눈초리에 약간 망설이며 입을 열었다.

"… 나 오늘 아침에 고백했는데. 차일 것 같아."

"와. 병X."

"… 진짜 너무한 새X."
"아니 나 걔 완전 좋아하는데 어떡하냐고…."

"사귀면 되잖아. 뭘 고민해."

"그게 그렇게 쉬운 문제가 아니라니까."
"썸 타다가 내 짝사랑으로 바뀐 거야."

나는 사실 농구를 하는 내내 너의 대답을 예상했었다. 뭐, 넌 예전부터 공부를 한다는 핑계로 평균 이상의 외모를 지녔음에도 남자들의 고백은 셀수 없을 정도로 다 차 버렸었다. 그리고 그 과정을 나는 옆에서 지켜봐 왔지만, 보통은 고백을 하자마자 생각할 시간은커녕 듣자마자 차 버리는 그런 매정한 놈이었다. 너는. 그냥 그런 앤 줄 알고 기대도 안 했는데, 갑자기 생각해 보겠다니. … 이건 뭐, 나를 가지고 놀겠다는 건가. 너 덕분에 하루가 더 혼잡해지긴 했다.

"진짜 어지럽다. 모르겠어 하나도."

"연애는 겁나 많이 해본 애가 웬일로?"
"너 진짜 걔가 끝사랑이야?"

"첫사랑도 걔고 끝사랑도 걔였어."

"그냥 너 걔랑 결혼해라."
"그래서, 걔 대답은 언제 한대?"

"나는, 그걸 몰라서 문제지…."

머리가 어지럽고 시야가 일렁였다. 작년에 느꼈었던 너에게 사랑에 빠진 순간의 기분과 흡사했다. 괜히 기분이 몽롱해졌다. 왜인지 모르게 나는 너의 얼굴이 떠올랐다. 너의 목소리도 점차 떠올랐고 너에게 하고 싶었던 말이 생각나던 참이었다. 그때 네가 말했다.

"아니면, 이번이 마지막일 수도 있으니까…."
"정말 네가 해 보고 싶었던 말을 하는 건 어때."

"… 해 보고 싶었던 말?"
"그러다 더 상황이 악화되면 어떡해."
"… 아예 친구로도 못 남아. 걔 나 엄청 피할 걸."

살랑이는 나뭇잎이 바람을 타고 내 뺨을 스쳐 지나갔다. 나는 내 친구를 바라보고 있었고, 내 친구는 허공을 잠시 바라보다가 벌떡 일어나더니 한 손으로 농구공을 튕기다가, 내게 농구공을 패스하더니 말했다.

"나중에 후회하는 것보단 낫잖아."

지금 당장 말하지 않으면 나중에 후회할 것 같은 말.
지금이 아니면 못 할 것 같은 말이 떠올라 버렸다.

"… 나 집에 먼저 가 볼게."

"결정했냐?"

"응. 미안. 지금 아니면 안 될 것 같아."
"내일 학원에서 보자!"

나는 네 생각을 하며 그렇게 좋아하던 농구와 친구를 포기하고 집으로 달려갔다. 너에게 하고 싶은 말이 생겨 버려서 모든 것을 뒤로하고 집으로 달려갔다. 이 시간쯤이면 너를 만날 수도 있지 않을까 싶어서 더욱 더 빠르게 달렸다. 달려가던 순간 중에, 한번만 더 이기면 승리할 수 있었는데. …라는 후회들 따위가 아주 잠깐씩 들긴 했지만, 내겐 네가 더 우선이었다. 내겐 선택할 시간이 없었다.

지금 너를 만나고 싶어.
지금 너를 안아 보고 싶어.
지금 너를 찾아가고 있어.

"보고 싶다."

달리다 숨이 차 헉헉대다가, 나도 모르게 속마음이 입 밖으로 튀어나왔다.

"… 너무 보고 싶어 죽겠는데."

하지만 그게 거짓말은 아니었다.

오로지 순수한 마음 속에 있던 사랑이었다.

난 너를 사랑하나 보다.

이게 진정한 사랑인가 보다.

네가 너무나도 보고 싶어서

사랑을 해 버렸기에

너는 천년만년 가는 끝사랑이었다.

동시에 아찔한 첫사랑이기도 했다.

42: 도화살 (10)

그거 알아?
도화살은 너를 보고 만든 단어일 거야.

그렇지 않으면 너는 그렇게
복숭아처럼 달콤하고 상큼한 미소를
너도 모르게 흩뿌리고 다녀선
괜히 나처럼 멍청하고 순진한 사람들을 홀려 버리잖아.

너는 괜히 물렁물렁한 시원찮은 반응과
어떨 땐 또 아삭한 복숭아처럼 상큼한 반응을
내 마음 속에서 여기저기 찔러 보고
결국 내 마음속 한 켠에서 복숭아꽃을 피워 내.

난 그 꽃 한 송이가 네 계략인 줄도 모르고
물을 퍼 주고 예쁘게 가꿔 내.
너는 기다렸다는 듯 꽃이 피어나면
생긋 웃으며 다가와 눈웃음을 선물로 줘.

너의 웃음에 번진 복숭아 향과
눈웃음에 묻은 애교살이 괜히

나를 너라는 곤경에 처하게 만들어선
내 마음을, 심장을 계속 뛰게 해.

너는 도화살도 많고
매력도 많은 사람이야.

Episode 5.
초여름날의 너는

43: 초록 (1)

내 눈에 비친 빛들의 청춘을 느끼며 자라 온 여름은, 초록 잎 사이로 내리쬐며 쨍한 햇살을 받아 네 눈빛 속엔 아무 걱정 없이 속 편한 어린아이처럼 그 누구보다 맑게 넘실거리는 선명한 초록 잎이 스며들었다.

너는 그렇게 나에게 한여름으로 다가왔다.

잊고 싶어도 잊을 수가 없던 여름.

비참했지만 그 무엇보다 맑게 웃었던 우리의 여름.

나의 눈부신 첫사랑.
나의 사랑스러운 여름.

나는 오늘도
너라는 초록으로 여름을 물들였다.

44: 여름방학 (2)

여름.

나는 한때 따스한 햇빛이 하늘을 포개어, 우리의 피부에 땀이 송글송글 맺히고 잠깐이라도 밖에 나가면 공기가 후끈했지만 선선하게 부는 바람이 부는 날, 그런 날에 친구들과 모여 노는 하루가 가득한 날이라고 생각했었다. 그렇지만 여름방학이란, 어느 날부턴가 나에겐 사적으로 너의 근황을 볼 수도, 들을 수도, 물어볼 수도 없는 너를 잊어 가는 기간이 되었었다. 친구들과 놀다 보면 가끔씩 너의 이름이 나오고, 너의 근황이 나올 땐 나는 그냥 웃으며 너를 떠올리는 것뿐이었다. 그럼에도 잊히지 않는 네가 그렇게 좋은지 집에 가서도 네가 묻은 꿈과 망상을 잔뜩 하며 지난날의 우리의 대화를 다시 되짚어 보았다. 너의 말투와 손짓, 행동마저 어제 일처럼 생생하게 기억나 버리니 내가 널 어떻게 잊어야 하나 싶기도 했다. 이것도 과연 어른들이 말하던 거창한 사랑인지, 헷갈릴 때면 너는 이미 나보다 몇 걸음 더 멀어져서 내가 더 다가갈 수도, 그렇다고 네가 나를 뒤돌아볼 수도 없는, 우리는 그런 스쳐 지나간 인연으로, 서로의 과거에 추억으로 남아 있었다.

45: 예술 (3)

너는 미술을 좋아했다.
그런 네가 너무 좋아서, 너의 그림을 냅다 따라 그렸다.

내 팔레트는 여름의 색들이 알록달록 모여 너를 표현하는 듯했다.
내가 따라 그린 건 너의 그림이 아닌 너의 분위기였나 보다.

내 마음이, 내 본능이.
너를 가리키는 것만 같았다.
너의 복숭아색의 홍조와 밀키스 맛이 나는 투명한 립밤은
왜인지 모르게, 초여름 속 물감의 사랑처럼 기분이 이상했다.

한 번도 느껴 본 적 없던 감정을
초여름의 물감으로 여기저기 스케치북을 채워 냈다.

그림을 그리는 동안엔
너도 나와 같은 감정을 가지고 있을 거라고, 무작정 착각했다.

그저 망상일 뿐이란 걸 알지만
괜히 우리 사이가 애틋해지는 것만 같았다.

달콤한 꿀 같은 매력의 너는
단숨에 나에게 붙어 녹아내렸다.

나는 그런 네 모습마저, 사랑스러운 모습으로,
여름의 팔레트로 표현했다.

나는, 너를 초여름의 사랑이 담겨 있는 팔레트에 담았다.
너만의 색들을 영원히 간직하고 싶었다.
이런 내 마음도 네가 사랑으로 느껴 줬으면 싶었다.

네 웃음은 예술이었고
내 사랑을 담은 여름은,
나의 여름은,

우리가 지나쳤던 여름은
역시나 영원했던 것 같다.

46: 여름 꽃 (4)

나와 너는 여름에 피어나는 꽃을 닮았다.

너는 저물어가는 노을이었고
나는 그런 노을만 바라보는 해바라기였다.

내가 너를 멀리서만 바라보는 이유는
교실 구석에서 외롭게 태양처럼 타오르는 네가
사진으로 담고 싶은 미소를 짓는 순간

나도 모르게 너를,
나의 기억에 담았다.
네가 눈부셨지만, 포기할 수 없는 빛이었다.

그렇다고 쉽사리 잊을 수도 없는 빛이었다.
사실 그렇게 잊고 싶지 않았다.

너는 내가 집중해서 찍었던
단 한 필름의 배경이었다.

완벽한 피사체와

영원한 나노단위가

너를 이루었다.

47: 모험 (5)

따스한 땡볕의 바다는
그 무엇보다 화려하게 빛을 내고
수평선이 뚜렷하게 각인되어 있었다.

우리는 우리의 노를 잡고
파도를 헤쳐서
점차 앞으로 나아간다.

우리는 모험을 즐겼고
그 모험은 영원히 지속되었다.
끊임없는 쾌락이 시작되었다.

바람에 흩날려 뺨에 스쳐 지나가는 차가운 바닷바람마저
마치 우리의 모험을 환영해 주는 듯했다.

그날
한낱 여름날의 우리는
누구보다 빛나는 청춘이었고
푸르른 색을 띠던 새로운 방랑자였다.

48: 매혹적 낭만주의 (6)

우리가 처음 만난 그날.
난 그날을 아직까지도 잊지 못했다.

그때의 너의 모습, 분위기, 그리고 너의 향기조차
몇 년이 지난 아직까지도 잊지 못해서,
그런 너를 선명히 기억하고 있다.

네가 지나갔던 거리에 남은 향기가 나를 부른다.
나는 홀린 듯 너를 따라가다가, 너에게 발각될까봐 갑자기 다른 길로 새
어 너를 놓칠 때가 더 많았다. 그만큼 너는 매혹적인 사람이었다. 난 매혹
적 낭만주의를 애태웠다.

너는 매혹적인 향수였고
나는 향기에 매혹된 순진한 피해자였다.
그것도 모자라 하필 우리는 낭만이었다.

나의 일방적인 사랑을
낭만이란 이름으로 포장했다.

나는 네 낭만의,

나는 네 매혹적인 향기에,

중독되었다.

49: 비누 (7)

몽글몽글 피어나는 거품이 묻어나
미끌거리며 내 손을 빠져나간다.

그러다 너는 내 손에 잡히면
배시시 웃으며, 사르르 지워져 간다.

너는 거품 묻은 비누였다.
난 이상하게도 거품 목욕을 즐겨 했다.
이런 취미는 일절 없었는데
어느 날 너를 알고 나서야 생겼다.

비누는 까칠하지만 솔직하다.
너는 까칠하고 솔직했다.

난 솔직한 게 좋아서
솔직해 거짓말을 잘 못 하는 너를,

꿈속에서 우연히 만난 너를
비누처럼 놓쳐 버렸다.

50: 초여름날 (8)

햇빛이 내리쬐는 여름이 다가왔다. 어느샌가 나의 방 안, 침대 옆 블라인드를 통해 나의 잠을 깨운 햇빛은 노을 색이 아닌 말로 형용할 수 없는 초여름의 연두. 그야말로 완벽한 여름의 청춘을 담은 햇빛이었다.

책상 위에 놓인 여름방학을 안내하는 가정통신문, 그리고 시원한 바람이 나오는 에어컨과 오래되어 곧 고장 나기 직전인 골골대는 선풍기. 거기에 방금 따 온 새빨간 딸기를 곁들이면 그야말로 완벽한 여름날이라고 표현할 수 있었다. 연두는 괜히 나를 포근하게 만들었고, 연두는 푸를 청, 봄 춘을 뜻하는 색이었다. 그것도 당시엔 봄도 가을도 아닌 새파란 여름이었음에도.

연두는 초여름과 가장 잘 어울리는 분위기였다.

청춘은 연두를 좋아했고
연두는 청춘의 애정이 마냥 싫지 않았다.

깊은 바다 속의 에메랄드 빛 잔물결처럼
그들의 사랑이 바닷속에 퍼졌다.
한여름의 사랑이 울려 퍼졌다.

나는 바닷속에서 길을 헤매었고,
잔물결을 보는 취미가 생겼다.

#51: 바다 (9)

우린 바람을 갈라 저 너머로 가고 싶어 했다.
자유 뒤엔 뭐가 있을지.
저 바다 너머엔 뭐가 있을지.
탐험하고 싶었다.

그냥 한낱 어린아이의 청춘이 흠뻑 젖은 호기심이었다.

유리컵 한가득 담아 달짝지근한 바다향이
나의 내면을 멈출 줄 모르는 파도처럼 흔들었다.

누구든 처음이 있을 것이다.
소리를 들었던 순간과 모양의 색을 발견한 순간.
그리고 사랑에 빠진 순간.

복숭아 색의 노을은 수평선 너머로 잠수했다.
그제야 와인 색이 밤하늘을 포개어 물들었다.

바로 그 순간이었다.

까맣게 물든 밤하늘이

바다를 포개었고

너는 내 마음속에 바다가 묻은 모래성을 쌓았다.

부서지는 파도처럼
일렁이는 물결처럼
끝없는 바다의 모험처럼

아찔한 호기심이 나를 마구 전개했다.

52: 열아홉 (10)

여름밤엔 특히 조심해야 하는 분위기가 있다.
정자에 누워서 노상을 한다든가, 침대에 누워서 밤새 통화를 한다든가.
어쨌든 누군가와 누워서 대화를 하는 분위기.

시원한 바람을 맞으며 잠결에 취해
나도 모르게 솔직한 말들만 터져 나오는,
의도치 않은 진실게임.

그런 분위기엔
사랑 고백을 특히나 조심해야한다.

밝은 별빛이 하늘을 가로질러서
유성우가 되는 한순간을,
열아홉 살의 위태로운 나이 속 추억으로 담는 일은
생각보다 어려운 일이다.

그런 열아홉 살의 사랑 고백.
그러했던 열아홉 살의 위태로운 여름밤.

여름밤과 사랑이 공존하면

완벽하게 착각할 수밖에 없는 분위기.

초여름날의 밤하늘이 되어
밀키스 맛의 청량을,
바다 향의 달콤하고 씁쓸한 맛을.

그런 밤엔 사랑이란 달콤한 감정에
쉽게 흔들리면, 쉽게 휘둘리게 된다면.

그 누구도 모르는 새에
인연의 끈이 이어지기에

그것도 꽤나 아픈 사랑도
마치 본연의 것처럼 이어지기에

초여름의 밤이
그들의 우연을 인연으로
영원히 각인하게 된다.

53: 열여덟 (11)

"와, 진짜 덥다."
"넌 여름이 대체 왜 좋냐."

"그냥. 애틋하잖아."

난 분명 여름을 싫어했다.

여름의 대명사인
너를 만나기 전까진.

사실 어쩌면 여름이 좋아지는 날을
내가 죽도록 기다려 왔을지도 모르겠다.

우선, 너를 만나려면 과거로 가야 한다.
그 여름의 너를 만나려면.

열일곱.

고등학교 신입의 설렘이었다.
너를 만나기 전까진.

그냥 흔하디 흔한 새학기의 설렘.

정말 그것뿐이었다.

그러다 어느 날 봄이 지나 여름이 찾아왔다.

재앙이었다.

"아—!"

"아. 미안! 공 좀 던져 줄래?"

"… 뭐야. 짜증나게."

그냥 처음엔 재수 없는 애였다.

실수? 뭐 그럴 수 있지.

근데 그 실수가 여러 번이 된다면…

"야!"

"… 어?"

"너 계속 나 맞출 거면 그만해."

"집중은 해? 농구를 하는 거야 마는 거야?"

"그래. 너 말대로 농구 안 하려고. 시시해졌어."

"… 갑자기?"

"우리 분명 오늘 처음 보는 사인데도,"
"너한테 흥미가 생겨 버려서."

"… 뭐라고?"

그렇게 넌 재수 없고 이상한 애였다.
그 말을 듣고 간지러운 기분은 뭐였을까.
그냥 스쳐 지나가는 여름의 향기에 불과했었다.

"몇 반이야?"

"… 3반."

"3반? 난 4반. 집 방향은 어디야?"

"그건 또 왜 물어보는데."
"너 나한테 관심 있냐?"

"어. 관심 있어서 그래."

"… 됐거든? 안 알려 줄 거야."

"뭐. 알려 주기 싫으면 그래도 되고."

너는 짜증나게도 나의 철벽에 미련을 질질 남기지 않았다. 포기할 줄 아는 애였다. 그런 네 말투와 쓸쓸한 표정이 괜히 내 죄책감을 덧붙였다.

"그럼 너 번호 좀 줄래?"

"… 무슨. 작업 치냐?"

"뭐? 아니 그런 의도가 아니라…"

"됐거든? 난 너한테 하나도 관심 없어."

그 이후로 너는 내게 찾아오지 않았다.
이상하게도 아쉬웠다.

"… 아. 짜증 나."
"관심 없는데 왜 신경 쓰이는 건데."

왜 내가 너 같은 애한테 휘둘리는 거지?
그러다 나도 모르게 속마음이 튀어나왔다.

"귀엽고 난리야."

사실 그렇게 생각해 본 적이 한 번도 없었던 것 같다. 아니. 솔직히 생각은 해 봤지만. 말을 다시 하자면.

"어?"

내가 자각을 못 했던 거다.

네가 보고 싶진 않은데, 괜히 네 표정과 말투 손짓 그리고 너의 부드러운 목소리는 귀에 맴돌고. 난생 처음 느껴보는 감정이었다. 정말 미칠 것 같았다. 심장이 멈출 줄 모르게 두근대고 굳이 손을 대지 않아도 내 심장 소리가 느껴졌다. 그렇게 난 나의 어렴풋이 맴돌던 서툰 감정을 사랑이라 짐작했다.

차마 멀어질까 봐 좋아한다는 말은 못 하겠고.
그래. 네 말처럼 흥미가 생긴 걸 거라고 생각했다.
… 그래야 내 마음이 한결 놓일 것 같았다.
그냥 자기합리화였다.

"야. 너 번호 좀 줘."

"어? 왜, 갑자기….."

"아. 그냥, 받고 싶어서 그래."
"주기 싫으면 주지 마."

"… 아냐. 여기."

그러다 어느새 여름의 끝자락이 되었다.

여름의 후끈하고 덥기만 한 답답한 날씨가
어느 날 너를 우연히 만나서.
이젠 여름과 사랑의 향수처럼 느껴졌다.

너의 아침 인사와 긴 밤의 인사는
내 일상에 스며들었다.

그게 딱히 싫지만은 않았다.
싫은 건 아닌데, 그렇다고 좋다기엔 애매한 상황.

"내가 생각해도 이게 무슨 소린가 싶다…."

아니. 그냥 내 자존심이 허락을 안 하는 건가.
좋아한다고 인정을 못 하는 걸 수도.

그냥 걔가 먼저 고백해 줬으면 했다.

이런 생각을 하는 것도 염치없지만.

그래도 걔를 이대로 놓치기엔 너무 아쉬웠다.
이러다 네가 다른 사람을 만나 버린다면
나의 얄팍한 감정은 어떻게 숨겨야 하고,
너를 어떻게 잊어야 할지.
감도 안 왔다.

그냥 분위기 좋은 날에
갑자기 고백하기로 다짐했다.

그게 다짐으로만 끝났으면 얼마나 좋았을까.

"야."

"왜?"

"나 너 좋아하나 봐."
"만나자는 건 아니야. 그냥…"

"… 알아. 무슨 뜻인지."
"근데, 너 나한테 관심 없다면서."
"그래서 너 잊은 지 오래야."

청천벽력 같은 소리였다.

"… 나 지금 차인 거야?"

"… 네가 나 관심 없다길래."
"조금만 더 빨리 말하지."
"그럼 받아 줬을 텐데. 아쉽겠네."

"… 대체 받아 주는 게 뭔데."
"넌 사랑이 우스워?"

"우습게 본 건 너겠지."
"네가 날 놓친 거잖아."

"그럼 한 번만 안아 봐도 돼?"
"… 이제 더 이상은 못 볼 것 같아서."

"… 맘대로 해."

차마 발걸음을 떼지 못했다. 예전과는 다르게 차가운 네 말투에 그만 얼
어붙고 말았다. 분명 더운 여름이었는데, 어째선지 네게선 차가운 바람이
불었다. 너에게로 다가가야 하는데. 그래야 안 아쉬울 텐데.

너는 나를 기다리기만 했다. 그러다 답답했는지 너는 내게 다가와 나를 안았다.

"—!"

심장이 버거운지 손이 떨려 왔다.

"답지 않게 왜 그래."

네 품은 따뜻하고 포근했다. 네 온기가 너무 따뜻해서 내 마음이 녹아내렸다. 알다 모르게 기분이 좋았다. 정말 애매했다. 우리의 포옹은 그 무엇보다 두터웠고, 애틋했다.

"으, …"

차마 네 어깨에 손을 올리지 못한 채, 그냥 내 손을 꽉 움켜쥐었다. 손이 부르르 떨렸고 난 네 눈을 마주치지 못한 채 그대로 고개를 숙였다.

이 모든 게 여름날 학원에서 잠들어 꾼 꿈이었으면 좋겠다고 생각했다. 내가 어쩌다 너처럼 철없고 재수 없는 애. 그런 애한테 휘둘리게 된 건지. 내가 아무것도 모르던 시절. 너를 몰랐던 시절. 널 만나기 전의 과거로 돌아간다면. 이런 감정 따위 근데 내가 너를 모른 척할 수 있었을까.

"… 미안해. 좋아해. 아니, … 좋아했었어. 갈게."

"응."

그렇게 나의 열여덟 중 여름은 추락했다.
그러다 어느 날 그 해가 지나 열아홉.
세상에서 가장 위태로운 일 년이 찾아왔다.

일 년이 지나 다시 찾아온 여름.
네가 없는 여름이 너무 허전했다.
너는 나에게 연락은커녕 간단한 인사도, 나를 학교에서 우연히 스쳐 지나
간 적도 없었다.
아 이게 실연이구나. 싶었다.

그냥 너를 몰랐더라면
내 인생이 조금이나마 낫지 않았을까.
괜히 네 탓을 해 본다.

"멋대로 좋아한 건 난데…."

너는 첫사랑이었다.
너는 여름이었다.

나는 네게 뭐였을까.

54: 낭만실조 (12)

사랑은 너무나 낭만적이라
지독하리만큼 아프고

익사하지 않고
사랑하는 사람의 바다에서
수영할 줄 알아야한다.

끝도 없는 여름처럼.
그렇게 꾸역꾸역 살아남아야 했다.

그러니까 너는
제발 영원한 여름밤을
영화 속 한 장면으로 느껴 줘.

내 인생은 영화 같지도,
드라마처럼 마법 같지도 않지만.

달이 차오르고 파도가 몰아친다면
짙은 바다로 도망가자.

그래야 우리가 평생까진 몰라도
영원하진 않아도

우리의 철학이 담긴 방황이
추억으로 남아서
어렴풋이 기억 속에 남아 있을 테니까.

Episode 6.
이별의 통증

55: 수평선 (1)

나 하필 너를 사랑해 버려서, 너도 하필 나를 사랑해 버려서.
너와 나의 사랑의 끝이 보이지 않아 수평선이 생겼어.

네가 그렇게 좋아하던 바다 끝에 수평선이
이젠 우리에게도 외롭고 그리운 와중에도
워낙 많이 과거를 돌아보는 수평선 생길 거야.

우리는 저 멀리 곧게 뻗어 끝이 보이지 않는 수평선처럼
나뉘어 우리만의 수평선을 지을 거야.

부디 슬프더라도 울지 말자.
그냥, 웃어넘기자.

우리, 이제 우리가 아닌 너와 나로서 살아가자.
이제 그만 작별하자.

안녕, 나의 바다.
너의 하나뿐인 끝이 되어 참 좋았어.

56: 노력 (2)

우리 어제까진 좋았는데.
이렇게 쉽게 놓아질 사이였나, 우리가?

이럴 거면 그러지 말지 그랬어.
어차피 이렇게 끝날 거였다면.

… 내가 노력을 아주 조금이라도 했었다면
내가, 조금, 아주 조금이라도 더 노력했었더라면.

나는 더 노력할 수 있었을 텐데.
감히, 너와의 이별을 생각하지 못했던 것 같다.

이런 엔딩이었다면,
예쁘다는 한마디 정도는 참아 주지.

착하긴 또 너무 착한 너라서 그랬을까.

솔직한 너는 나에게 거짓을 말하지 않았고
무심한 나는 너에게 진실을 말하며

너에게 상처를 심어 주었던 것 같다.

57: 밤하늘 (3)

나 자신이 너무 원망되는데.
그게 너뿐만이 아니라서 섣부르지 못해.

그렇게 효율을 따지고, 그렇게 고집이 세던 너는.
내가 하자는 건 다 하고 싶어 했던 너는.

나를 위해서라면,
별도 달도 따 주겠다던 너는.

나를 떠났다.
나처럼 무심하게.

정말 별과 달을 따러 간다고 해줄래?
너무 나를 사랑해서.

나에게 빛나는 별과 혼자선 빛나지 못하는 달을,
꼭 품에 안겨 주고 싶어서.

정말 밤하늘을 향해 뛰어가느라,
그래서 연락이 안 되는 거라고.

그렇다고 말해 줄래?

그런 거라면 한 달이고 일 년이고,
천년만년 기다릴 자신 있는데.

… 내가 널 기다려도 되는 걸까?

58: 다짐 (4)

어느 날 찾아올 이별을 대비해서
너를 사랑하지 않기로 다짐했던 것 같은데.

마음속으론 이미 사랑을 꽤나 크게 외쳤던 건지
이젠 너한테 의미부여도 하게 되었고.

많은 사람들 속에서 친구들과 해맑게 웃는 너를
생각보다 쉽게 알아보고 찾을 수 있게 되었고.
나도 모르게 너를 쳐다보고 있었고.
네가 나를 봐 줬으면 좋겠다 싶었고.
우연이라도 내 곁을 지나가 주면 좋겠다 싶었는데.

본능적으로 너를 찾는 내가,
순간 수치스러워져 정신 차리기로 다짐했었는데도
우리가 별거 아닌 사이가 아니었다며
혼자 망상에 빠지는 데엔 다 이유가 있겠지.

내가 너를 아직도
꽤나 좋아할 수도.

난 아직도

구차한 이별을 떠나지 못하고 있는 걸 수도.

59: 미워 (5)

어릴 적, 사랑이 뭔지 제대로 모르던 나.
그리고 그런 나를 이유 없이 좋아해 주던 너.

우리는, 새파랗게 어리던 우리는.
아무리 생각해 봐도 소설 속에 나오는.

'미워할 수 없어서 더욱 미운 사람.'

…이라는 수식어를 이해하지 못했었고
어느 날 나는 너를 잃고 깨달았어.

너잖아 그거.

밉지만, 그렇지만 사랑하기에.
미웠지만, 그랬지만 아직도 사랑하는 듯하기에.

사실 미워하는 마음 한 구석엔
사랑이 조금 첨가되었다는 사실을 모른 채.

소설 속에서만 보이던 문장.

나는 너를 만나고 매일매일이 꿈 같았는데,
어떻게 넌 꿈에 한 번 안 나타나 줘서
나를 이리 애타게 만드니.

60: 구원 (6)

안녕, 나의 구원자.

난 너와 짧게 사랑을 나누고 긴 이별을 겪는 중이야.

혹시, 설마 하는데 말이야.

너도 나와 같은 마음이니?

네가 나한테 해 줬던 사랑이란 이름의 구원처럼,

나의 마음도 부디 너에게 구원이 되었길.

61: 반복 (7)

그 지는 해를 보고 싶어서 다시 보았다.
그 책을 다시 읽고 싶어서 펼쳐 보았다.

그리고 너와 했던 대화를 다시 살펴보았다.
몇 번이고, 몇십 번이고, 몇백 번이고 다시.

나는 아직도 너를 신경 쓰고 있었던 건지.

다시 보고 싶은 책처럼, 노을처럼.
너를 다시 만나 보고 싶었던 건지.

이러면 안 되겠지만,
이러면 안 된다는 거 잘 알지만.

나는 어쩌면,
그냥 네가 순수하게 보고 싶었던 것 같아.

너라는 사람을 다시 한번 어루만져 보며
아쉬운 마음에 후회하던 나날들을 생각 중이고,
너와의 추억을 다시 한번 겪어 보고 싶어

잊을 수 없을 줄 알았던 기억을 더듬는 중인데…

너는 이런 나를 보고 무슨 생각을 할까.
한심해 보여도 이런 나를 이해해 줄래?

그리고 이런 나를 다독여 줄래?
그랬었던 나를, 아무 걱정 말라는 듯이 안아 줄래?

그때처럼, 나를 다시.
아무 일도 없었다는 듯이, 안아 줄 수 있겠니?

62: 신뢰 (8)

내 기억 속에 남아 있던 나지막한 너의 목소리가,

"믿어. 난 너밖에 없어."

…라고 속삭이던 너의 목소리에 묻어 나오는 은은한 감정의 신뢰가,
나를 더욱더 괴롭게 만들었다.

우리가 이런 사이는 아니라는 걸 뼈저리게 알지만
조금의 희망을 가질 권리는 있지 않나, 싶었다.

그냥 한낱 새벽 밤 속의 충동이었지만
그게 왜 그리 달콤해 보였던 건지.
사실 그건 사랑을, 사랑이라 말하지 못한 게 아니라.
누가 봐도 대놓고 사랑인데.

사랑을 부정한 것 같다.

오늘 이 밤이 다 가기 전에
우리 둘만의 시간을 보내고
내일을 밝히는 해님 덕에 꿈에서 깨어나

서로를 마주 보고 웃어 보인다면

그거야말로,

내가 너를 신뢰했던 증거가 아닐까.

63: 운명 (9)

나에게 너는 당장이라도 만나고 싶은 설렘이었고,
나에게 너는 우리가 지금 당장은 행복하더라도,
그랬더라도 언젠간 이별하게 될 거라는 두려움이었다.

너에게 나는 뭐였을까.
무심하거나, 차가운 사람?

너는 햇살이었다.

나는 그런 햇살을 맞아 따스해진 그림자였고,

… 그래서 하필이면, 우리가….
너와 나라는 우리가.
하필 우리가 햇살과 그림자여서.

우린 처음부터 안 되는 운명인 거다.

64: 황홀 (10)

이상하게 가끔 네 꿈을 꾼다.
우린 더 이상 아무런 사이도 아닌데,
네가 꿈에 나올 때면 그렇게 반가울 수가 없다.

오랜 사랑을
짧은 몇 개월 만에 끝내서 그런지
겉으론 아무런 내색 없이 지내면서
속으론 이 애틋한 마음을 부정하며
그저 아무렇지 않은 척, 해맑게 웃는다.

그런 나에게 네가 나오는 꿈은
황홀이었다.

65: 최후의 만찬 (11)

나 좀 사랑해 줄래
나 좀 다시 바라봐 줄래
그리고 만약에 그렇게 된다면
나 좀 죽여 줘

사랑하는 너의 품 안에서
서서히 고독하게 죽여 줘

내가 죽어 가면
따스한 미소를 내게 줘.

그리고 가벼운 입맞춤을 해 줘
나도 최후의 만찬이었다며 싱긋 웃어 보일게.

부탁이자
내 마지막 소원이야.

66: 재회 (12)

우린 서로 다른 행성에 살았다가
같은 행성에도 살았다.

그러나 우리가 같은 행성에 사는 것은
우주가 허락하지 못했던 것 같다.

우린 결국 헤어지지만 다시 만나길.
다시 만나면 무중력이 사랑한 눈물을 흘리며
서로를 숨통이 조일 때까지 껴안아 주길.

67: 독사과 (13)

싸울 때는 또 영영 안 볼 듯이 싸우다가도
금세 몇 시간만 지나면 우린 예전처럼 알콩달콩했었다.

오늘도 그런 날인 줄만 알았다.
난 늘 하던 대로 기다렸고
넌 사과가 아닌 독사과를 건넸다.
독에 취해 잠들었다.

이 세상과, 내 세상과 이별했다.
너와 이별했다.

68: 분위기 (14)

나는 사람을 분위기로 좋아하는 편이라
너의 달짝지근한 캐러멜 같은 분위기를 좋아했다.

새로 바뀐 너의 샴푸 향은 캐러멜이 아닌
달달한 마시멜로였지만

어째서인지 네 분위기를 처음 맛봤던 날은
공중을 부양하는 아찔한 첫사랑이었다면

지금의 네 분위기는
끝사랑의 달콤하면서도 알싸한 맛이었다.

네 분위기는 분명 바뀌었는데
왜인지 마음이 흔들리지 않는다.

네 분위기는 사랑이었나 보다.

그게 아니었다면
내가 널 사랑할 수 없었겠지.

그게 아니었다면

내가 널 그리워하고 있진 않았겠지.

작가의 말

1부는 사랑을 주제로 한 총 68개의 글입니다.

1부의 내용은 경험과 주변인들의 경험, 또는 제 망상들을 토대로 글작했습니다. 만약 그 당사자들이 보게 된다면… 아무래도 그 사람들과는 어색해지겠죠. 특히 제 첫사랑과 제일요. 보면서 아주 조금이나, 꽤나 많이 어이없어할 것 같은데, 뭐 어쩌겠나요. 꼬우면 사랑하지 말든가. 보면서 나를 그렇게 생각하고 있었구나 싶을 수도 있을 거고, 어떻게 보면. 제 감정이 싫을 수도 있을 테고. 그래도 그와의 미래가 괜히 겁나고 그러진 않아서, 괜스레 다행인 듯하네요. 그렇다고 해서 그의 감정을 부정하고 싶지도 않고요. 내 감정을 한번 거부했다면 받아들이는 게 당연한 거라고 생각하니까요. 이 관계는 더 이상의 전진 없는 관계라고 생각하고, 앞으로의 발전은 끝이라고 생각하니 조금의 슬픔이 묻어 있는 편안함이 찾아왔어요. 그러다 보니 더욱 더 보고 싶다는, 그런 얄팍한 감정. 그런 애타는 감정으로 첫사랑을 써 내려갔습니다. 미래는 모르는 법이지만, 작은 희망도 가지고 싶지 않았어요. 나중을 위해. 나중이 찾아온 그때 그 어느 순간보다 슬플 것 같아서, 몇 개월은 일찍 마음을 접으려 했는데, 안 되더라고요. 이 글을 다 끝낸 지금도 감정이 괜스레 피어나는 듯합니다.

Episode 1. 곰팡이 핀 첫사랑

… 아무래도 다들 첫사랑이 한 번쯤은 있을 거예요. 아직 만나지 못한

사람도 있을 것이고, 수많은 이성을 만나 봤음에도 느끼지 못했을 수도 있고, 무엇보다 첫사랑이 누구인지 모르겠다 하시는 분들도 있을 거예요. 제가 생각하는 구별 방법은 '당신의 첫사랑은 누구인가요?'라는 질문에 '누가 가장 먼저 생각나는지'에 달려 있다 생각합니다. 저도 그렇기에 이쪽 질문에 워낙 민감하고요. 하지만 저의 그 사람이, 하필 제 첫사랑이라 후회되진 않습니다. 굳이 원망하고 싶지도 않고, 나중에 생각이 바뀌기도 하겠지만…. 전 지금 당장은 스쳐 가는 인연이라 생각하고 있어요. 그럴 수밖에 없던 운명인가. 라고 생각할 때도 많지만 제가 결정한 운명이니까. 제가 책임을 져야 한다 생각합니다. 후회한다고 바뀌는 건 없으니까요. 애초에 후회한 적도 없지만…. 그래도 무슨 말을 하고 싶은진 아시겠죠? 그냥, 우리 추억으로 묻어 둬요. 그러다 어느 날 생각나면 그때 다시 웃고 울다가 좋은 추억이었다며 넘겨요. 필연적이었다면 다시 만나게 되어 있고, 우연이었다면 필연으로 바꾸기 위해 노력해요. 그렇게 새로운 인연을 만들어 가 봐요. 그러다 보면 첫사랑이 생기곤 할 거예요.

Episode 2. 무중력의 외사랑

… 사실 외사랑이란, 제가 생각하기엔 그렇게 가벼운 주제는 아니라 봐요. 다들 아픈 외사랑 한 번쯤은 겪어 보시는 걸 추천드려요. 이게 별거 아닌 것 같아도, 외사랑을 해 본 사람들은 사랑에 대해 좀 더 깊숙이 애틋한 감정을 가지게 되지 않았을까 싶어요. 상대는 알면서도 안 받아 주고, 나는 애타기만 하는 상황. 저는 굉장히 이런 상황을 안 좋아하는데. 조금 냉정하게 생각해 보면 상대가 내가 가장 사랑하는 사람이라면, 그 사람만의 사정이 있어서 기다려야 한다면. 전 그냥 몇 년이 지나든 기다릴 수 있을

것 같더라고요. 차마 포기하지 못한 채 한 줄기의 희망을 붙잡고, 그렇게 사랑만 주며 옆에서 바라만 봐도 행복할 것 같아요. 한 번쯤은 아픈 사랑을 겪어 봐도 좋을 듯해요.

Episode 3. 사랑과 원망의 무게가 같을 때

… 애증관계입니다. 예전부터 이런 글들을 굉장히 써 보고 싶어서 굉장히 많은 애정이 들어간 에피소드입니다. 제가 제일 좋아하는 조합이 혐오관계, 애증관계여서 아무래도 사심이 가득하지 않았나 싶네요. 제 작품 속의 웬만한 글들은 다 현실에서 비롯되는데 이 에피소드의 주제인 애증관계에서 깊은 사랑을 해 본 경험은 막, 떠오르진 않는 게, 아마 없었던 것 같아요. 전 순수한 애정을 매우 좋아해서요. 그래도 꽤나 신박하고 재밌는 주제여서 글 쓰는데 힘들진 않았어요! 오히려 흥미만 가득해서 아쉬웠죠. 쓰고 싶은 건 많은데, 밸런스를 맞춰야 해서 줄여야 하는 상황. 굉장히 아쉬운 상황이죠? ㅎㅎ… 그래도 이걸 보시는 여러분들이 제 작품을 보고 좋아하신다면 만족할게요.

Episode 4. 시공을 초월한 마음이

… 고백을 하는 순간을 소설로 써 봤어요. 소설을 워낙 좋아해서 이 에피소드에는 단편 소설이 많이 있어요. 사실 떠오르는 고백 멘트와 상황들이 많았는데, 아이디어만 떠오르고 결국엔 폐기 처리 되는 경우가 너무나도 많아서 너무 아쉬운 회차이기도 합니다. 슬프죠? 저도 꽤나 아쉬워요. 사실 고백을 해 본 사람들만 아는 얼굴이 빨개지고, 몽롱해지며 우주가 나를 거부하는 기분. 그리고 시공간이 구겨지는 듯한 느낌. 그 느낌은 고백

을 해 보지 않으면 절대 느낄 수 없을 거예요. 해 본 사람들은 아마 다 공감할 거예요. 사실 고백을 한다는 것 자체가 엄청난 용기를 머금고 하는 것이기 때문에, 고백을 받는 사람이라면 조금이나마 배려 깊은 태도를 보여야 한다고 생각합니다. 고백했는데 상대방이 듣자마자 욕하고 가 버리면 없는 정 있는 정 다 털리고 씁쓸하게 마음을 접어야겠죠? 상대가 아무리 싫어도 보내 줄 땐 애틋하게 보내 줘요 우리. 그렇게 하기로 약속해요.

Episode 5. 초여름날의 너는

··· 초여름이란, 복숭아 더하기 밀키스. 그리고 데이지의 등가교환을 뜻한다. 어디서 소설 속에서 본 문장이었는데, 왠지 모르게 꿈에 나오더라고요. 워낙 인상 깊었기에 나의 소설 속 초여름은 어느 여름의 청량하고 탄산처럼 톡톡 튀는 사랑의 마음을 글로 표현했습니다. 탄산은 투명하지만 푸르른 색을 띠고 나는 당시에 그 색이 운명인 줄만 알았기에. 유리구슬처럼 무언가 반짝여 보였기에. ··· 아니면, 4월 초의 한낱 여름이었다고 생각하죠. 그게 제일 편할 거예요.

Episode 6. 이별의 통증

··· 제가 생각하는 사랑이란, 어떤 사람과는 달콤하고, 또 다른 사람과는 쓰라림을, 하지만 사랑이라 우기고 싶진 않을 사랑들도 있다 생각해요. 그렇지만 사랑은 서로를 위해서 희생할 정도로 아픈 사랑이 가장 아름다운 법이기에 우리들에게 기억하고 싶지 않은 시련과 이별, 어쩌면 자기 자신을 되돌아보는 계기가 될 수도 있어요. 그렇기에 사랑을 한다는 것 자체는 새로운 만남을 통해 나의 인생에 필요한 시련과 깨달음을 우연이

란 이름으로 필연적으로 찾아오는 듯합니다. 그리고 그 우연은 인연이 되고 연인이 되죠. 그렇기에 저도 그 사실을 알려 주고 싶어서 시집을 쓰고 싶다 생각했어요. 이 글을 본 누군가는 공감을, 누군가는 후회를, 또 다른 누군가는 새로운 가치관을 얻었길 바랍니다.

2부

"

현실은 나의 추잡한 꿈이 거슬렸나 보다.

"

Episode 1.
현실

69: 현실 (1)

뉴스에는 많은 사람들이 나온다.
그 사람들을 보고 사람들은 각자의 반응을 짓는다.

'누가 더 불쌍하다', '누가 더 잘못했다'

각자 판단하고 자기들 멋대로 입에 오르락내리락.
그리고 자신은 한 번도 그렇게 살아 본 적 없다는 듯 살아간다.

그게 마냥 당연한 듯 살아간다.
잔인한 말도 서슴없이 하는 모습으로
당연하게 살아간다.

그리고 뉴스에는 모두를, 어쩌면 소수를 위한 자막도 나온다.

'이 모든 일들이 우리의 현실에서 일어나고 있습니다.'

그러나 사람들은 그 문장을 의미 깊게 보지 않는다.
그저, 화면 속 사람들만 평가하고 비판한다.

現實.

현실.

우리의 현재 상황.

우리의 치명적인 실수이자, 습관이다.
아무도 태클 걸지 않는 실수와 습관이다.

본인도 모르는 새에
남을 할퀴고, 헐뜯고 있진 않았는가.

이래도 당신은 아무런 태클이 걸리지 않아도 마땅한,
진실되고 솔직한, 정직한 사람인가?

70: 주저흔 (2)

친구가 죽었다.

평소에도 웃는 게 예쁘던 그 친구는,
노래를 부를 때 짓는 미소가 더욱 더 빛나 보여선
괜스레 지켜보는 나도 웃음이 났었다.

그렇게 빛나던 친구가.
자신이 사랑하던 노래를 하다가,
흩어지는 유성우처럼 저 멀리 떨어졌다.
슝 - 하고 바닥으로 내리 꽂혔다.

그 친구는 죽는 순간에도 웃어 보였는지
입꼬리가 올라가 있었다고 했다.

미소를 지으며 별이 된 친구는
손목 여기저기엔 주저흔이 가득했고,
평소에도 빛나는 별처럼 잘 웃어 댔다.

내가 할 수 있는 건 고작,
그 주저흔이 묻은 너의 사진을 들여다보는 것뿐이었다.

넌 빛의 굴절이었다.

빛 한 줄기였다.

물에 잠기는 순간 뒤틀리는 빛.

겉으론 안 그래 보여도 사실은 흉상이 꺾어 있던,

너는 그런 사람이었다.

아무것도 해 줄 수 있던 게 없어서

미안했다.

71: 대인기피증 (3)

언젠가 다가올 이별이 두려워
어느 순간부터 사람을 피했다.

그 이별이 당장 일어나는 일이 아니라는 걸 알면서도
이상하게 참을 수 없었다.

그렇게 사람을 피하고 나면 마음이 조금 편해졌다.
난 불안했다.

당장 이 상황에서,
이 관계에서 도망치고 싶었다.

삶을 살아가며 사람들과 이별했었고
앞으로도 살아가기에 사람들과 이별해야 한다.

난 아직도 과거에 머물러서
괜한 추억을 회상하며 그들을 떠나보내지 못했다.

난 사람을 피했고
나의 존재 자체를 부정했다.

본능적으로 그랬다.

사실, 그래야만 했다.

72: 생각이 많은 사람들과 형용할 수 없는 감정 (4)

내가 우울증이 아니라는 게 더 싫어.
내가 우울증이 아니라면
이제껏 숨 막히는 이 어두운 심해에서,
계속 가라앉는 나를 처참하게 마구 집어 뜯으며
더욱 더 밑으로 끌고 가던 게…

… 이게 우울증이 아니면 뭔데.

우울증이라는 핑계를 대고 싶었던 걸까?

그냥 내가 느꼈던 건 우울이 아니라
공허함이 가득한 괴로움이었나?

근데 그 기준을 대체 누가 정하는데?
내가 생각했던 우울증은 대체 뭐지?

절벽 끝에서 혼자 위태롭게 서 있는 기분이 우울증이 아니라고?
물속에 잠겨있는 기분이?
노래를 들어도 신나지 않는 기분이?
어딜 가든 나만 동그라미 속에 세모가 된 듯한 기분이?

아니지, 애초에 이런 퇴폐적인 모습으론 밖에도 못 나가겠는데?

사람들의 말투가 뼈저리게 아픈 이유는 뭐지?
지독한 피해망상인가?
그럼 이건 누가 고쳐 주는데?

스스로?
그걸 몰라서 가만히 있었겠어?

… 애초에 가만히 있던 적도 없었는데.
사람들은 보이는 것만 믿으려고 해서 문제야.

그럼 난?

그럼 난 어떻게 보이지?

상처만 가득 머금은, 아니면 사람들을 피하는, 뭐, 그런 정신병자? 이상하고 답답한 사람? 난 대체 사람들에게 뭐로 보이지? 애초에 사람들이 나를 알고 있긴 할까? 내 존재감이 그렇게 크던가? 나는 할 줄 아는 게 대체 뭐가 있을까? 난 더 나은 사람이 되려면 뭐부터 시작해야 하지? 애초에 나를 인정해 주는 사람이 있을까? 아니, 내가 왜 인정받아야 하지?

… 그냥 죽을까?

지금 이 창문으로 뛰어내리면 사람들이 내 장례식엔 얼마나 와 줄까?

… 나를 사랑해 주는 사람이 있을까?

아. 지금 내가 무슨 망상을 하는 거지? 나 같은 거 장례식을 해 줄 리가 없잖아.

… 나는, 대체 나는…. 대체 무엇을 위해 살아가는 거지?

73: 푸를 청 (5)

꽃이 활짝 피어났다.

점차 봄의 날이 시작되고 있었다.
하늘은 맑고, 푸르른 색을 띠고.

사람들은 밖에 나와 봄을 맞으며 만개한 꽃을 자신의 필름에 담았다.
사람들은 꽃밭을 구경하느라 바빴다. 웃음꽃을 만개하느라 정신없었다.

난 건물 사이 속 그림자에 가려져 혼자 고독히 피어난 꽃 한 송이를 마주
쳤다.
사회에서 도태된 나를 보는 것만 같았다.

그 꽃은 너무나도 비참했다.
청춘의 한가운데 버려진 어린 나이에 어른이 되어야만 했던.
그래야만 버틸 수 있었던 사람 같았다.

청춘이나, 청춘을 즐길 수 없어
어쩔 수 없이 사회에 외롭게 녹아든 위태로운 꽃 한 송이.

건물 사이에 피어난 꽃이

가끔은 햇빛을 받을 때도 있었다.

사소한 햇빛에도 기분이 좋은지
세상은 이리 어두운데, 그 빛이 그렇게 좋은지

괜히 꽃잎이 살랑거렸다.
바람을 타서 그런지, 기분이 좋아서 그랬는진 모르겠다.

어쩌면 나에게 해 주었던 인사일지도 모르겠다.

그게 내가 기억하던 화창한 어느 날의
봄이자 청춘이었다.

74: 현실도피 (6)

누군가 아무도 일어나있지 않은 늦은 새벽에

"일어나 봐. 우리 저 멀리 도망가자."

이렇게 말해 주는 사람이 있었으면 좋겠다고,
그렇게 같이 손을 맞잡고 도망가면서도
이 삶으론 다시는, 평생을 영영 돌아오지 않을 거라고 생각한 적이 많았
었다.

당장 눈앞에 닥쳐온 시련들을 외면하고
그냥 아무 말 없이 내 손을 잡고 어디론가 떠났으면 좋겠다고 생각했다.

저 멀리 구름 너머로
아무도 우릴 방해하지 않는 낙원으로.

그리고 그곳에서 도착한 그곳에서

"미안, 내 최대의 낙원은 여기야."
"… 사실 낙원은 그 어디도 아니야."
"내가 생각했던 낙원이, 네가 생각했던 낙원이, 낙원이 아닐 수도 있어."

"하지만 날 구원해 준 건 너잖아."

"내가 오히려 널 지옥에 밀어 넣은 거라면?"
"… 글쎄, 난 널 구원해 줬다고 생각하지 않아."

"이게 구원이 아니라면, 난 어떻게 해야 하는데?"

"낙원을 구원이라 믿고, 구원을 낙원이라 믿고 끊임없이 성장하기?"
"난 한 번도 나를 구원자라 여겨 본 적이 없어서."

그렇게 너는 어디 좀 다녀온다며 떠났다가, 영영 돌아오지 않았으면 좋
겠다.
나를 구원해 놨으면서, 새로운 구원자를 찾으라는 듯.

저 멀리 구름 너머로
영영 사라져 버려서.

그래 놓고 내 마음 속에 알다가도 모를 죄책감을,
그리고 풋풋한 첫사랑과 공허한 미련을,
아주 살짝 넣은 감칠맛을.

그냥 어느 날 생각나면
'그땐 그랬지, 요즘 뭐 하고 지낼까'

정도의, 생각만으로 묻어 두고 피식 웃어넘길 수 있는
그런 추억으로 남은 구원자가 되었으면 좋겠다.

이런 망상을 꿈꿔도 너는 영영 나를 찾아오진 않겠지만.

75: 꿈 (7)

어느 날 꿈을 꾸었다.

이 비참한 현실 속에서
어느 날 갑자기 찾아왔다.

그 망상 가득한 꿈은
다시 돌아가고 싶은 세상에 불과했다.

꿈에서 깬 허탈감, 박탈감.
모든 허무한 감정들이 내게로 쏟아진다.

나는 아무런 저항도 하지 못한 채
고독함에 압사당했다.

76: 달 (8)

혼자 고독한 밤을 보내다가 문득 창문 밖을 보았다.
달이 외롭게 하늘에 떠 있었다.
주변을 밝혀 주는 별들조차 없었다.

달은 스스로 빛날 수 없다.

그런데도 빛나 보이는 건 태양의 빛과 반사 덕분이다.
그렇담 내 인생의 태양은 누구일까?

내 인생의 빛나는 태양은 누구길래 나라는 달이 모두가 잠든 밤.
혼자 외롭고 고독한 밤에, 별들 하나 없는 공허한 하늘 속을 유영하게 하
는 걸까.

달은 어땠을까
어둠 속에서 홀로이 어땠을까
외로웠을까, 공허했을까.

그 무엇도 아닌
박탈감,

달이 밤하늘 속 느꼈던 감정은
그 무엇도 아닌 박탈감이다.

세상에 혼자 도태된 어느 한낱 새벽의 기분.
절벽 앞에 우두커니 서 있는 기분.

왜 나는 혼자 빛나지 못할까.
왜 별들은 스스로 빛내어 별들의 몫을 다할까.
왜 태양은 혼자 빛내지 못하는 나조차에게도
빛을 내어 줄 수 있는 기회를 주는 걸까.

왜 나는 흉내 내는 것밖에 하지 못할까.

왜 나는 그들에게 열등감을 느끼고
심리적 박탈감을 느낄까.

77: 거짓말 (9)

인간은 갑작스러운 상황을 모면하려는 본능.
거짓말이라는 본능이 있다.

인간은 솔직하지 못하며
그렇다고 성심 좋은 사람도 드물다.
인간은 거짓된 상황을 살아가며
혹여 거짓인 사실이 들켰다 하더라도

죽어도 사과는 절대 안 한다.

말이 잘못 나왔다, 말을 제대로 못 들었다는 등
자신이 조금이라도 나은 사람이라 합리화하기 위해
또 다른 거짓말로 변명을 하느라 급하다.

살짝 과장하자면
인간은 유서에도 거짓말을 쓴다.

78: 스마일증후군 (10)

너는 매일매일 밝게 웃던 아이였다. 사실상 아이는 아니었지만, 늘 볼 때마다 어린아이가 웃을 듯한 미소를 지어서 너의 밝은 모습을 확실하게 기억한다. 그때의 너는 나보다 나이는 어렸지만 예상 외로 네 속내는 어른스럽고 성숙한 아이였다. 그랬었던 너는 어느 날 어린아이 같았던 웃음을 잃은 채 비틀거리며 나를 찾아와 내게 거친 숨소리를 내뱉으며 말했다.

"… 이 모습 되게 이상하죠."

"… 너 표정이 왜 그래."

너는 초점 없는 눈과 짙은 다크써클, 그리고 곧 울기 직전인 빨갛게 달아오른 눈가는 나의 걱정을 돋우기 딱 좋은 상태였다. 평소에 너는 그 어떤 빛보다 가장 밝게 빛나는 예쁜 미소를 보여 줬으니까. 네가 이렇게 무너져 있는 모습은 정말 처음 봤으니까. 이게 네 솔직한 모습인가 싶기도 했지만 한편으론 어쩌다 그렇게 된 건지 묻고 싶었다. 하지만 전에 있었던 내 사정은 물어보지 말라는 듯 네 입은 꾹 닫혀 있었다.

"… 난, 네 웃음이 그리워. 보고 싶어."

너의 입은 옴짝달싹 못 한 채 움찔거리다 한숨을 푹 쉬곤 내게 말했다.

"당신까지 나에게 웃음 타령이군요."

"… 그만하려고요. 이제 너무…. 대체 내가 왜 평생 웃으며 살아야 하는지도 잘 모르겠고. … 아, 어지러워."

365일 내내 단 한 번도 빠짐없이 웃었던 너는 역시나 그 웃음이 일상이 되지 못한 채 가식이란 거짓말로 마음속의 흉터로 남아 있었나 보다.

"… 대체 어쩌다가…."

너는 내 조심스러운 질문에 침묵으로 대답했다.
그러다 너는 손톱을 틱, 틱 뜯으며 나를 의미심장한 눈빛과 애써 올라간 입꼬리, 그리고 약간의 구겨진 인상으로 바라봤다. 난생 처음 보는 네 표정이었다.

"아무것도요."

"… 그냥 제 곁에 있어 주세요. 사람도 솔직하지 못한 달의 뒷면처럼, 가끔은 거짓도 필요한 거 아니에요? 그냥, 그냥 아무런 용건 없이 저를 믿어 주세요. 그저, 지친 거예요. 이젠 이런 삶은 질려요."

"… 너는 왜 아직도 웃으려고 하는 거야."

"… 그러게요…."
"습관이 되었나 봐. 이제, 어쩌지. 나 이제 그만 웃고 싶은데. 이제 맘 놓고 울고 싶은데. 나는 이제…"

하지만 네 마음과는 다르게 너의 눈물은 세상 밖으로 나오기 두려웠는지
도통 보이질 않았다. 심리적으로 무너져서 그랬는지, 아직 우는게 익숙지
않아서인지. 너는 우는 와중에도 웃으며 물을 것 같은 건 왜일까.

"힘들지 마. 외롭지도 마. 행복해 줘. … 부탁이야."

"… 부탁이 아니라 강요 같은데. 그래도 당신이 한 위로 치곤 괜찮네요.
… 좋지도 싫지도 않고. 우리의 사이처럼 딱 애매한 중간의 구원 같아요."

"내가 행복을 강요할 권리도 없잖아."

속으로 생각했다. 네가 생각하는 애매한 구원이 대체 뭐냐고. 구원이면서
도 절망과 얄팍한 상대적 박탈감, 그리고 사실대로 밝히지 못한 열등감이
몰래 숨어 있던 감정이었을까.

"게다가 네 추구미는 행복이라며."

"… 허. 웃긴다. 저는 그 간단한 우는 법도 모르는데 무슨 행복을 추구해
요 제가. 이상하잖아요."

"… 야."

나는 정색을 하며 너를 쳐다봤다. 너는 나의 처음 보는 표정이 꽤나 당황스러웠는지 어이없다는 웃음을 뱉으며 말을 길게 늘어트렸다.

"… 하하. 진짜. 그런 표정 짓기 있어요? 알겠어요. 이제 안 할래. 도통 모르겠네요. 당신이 무슨 심리로 나를 행복하라며 가르치려 드는지."

"행복이 어려워?"
"난 전혀 어렵지 않다고 느끼는데."
"… 그리고 널 절대 가르치려고 한 적도 없어. 내가 무슨 권리가 있다고 너한테 행복을 운운해?"

나의 열분이 사소하게 담긴 말에 너는 곰곰이 생각하다 한쪽으로 고개를 탁 돌리며 피식 웃곤 혼잣말을 중얼거렸다.

"그래서 뭘 어쩌잔 거야…."

나는 네 단호한 말에 말문을 잃었다. 벙쪄 있던 나의 망설임으로 인해 너도 미궁 속에서 길을 잃었겠지. 하지만 넌 왠지 모르게 그 선택이 마냥 좋아 보여서, 난 결국 아무 말도 못 한 채 모든 희망을 잃은 너에게 조언은커녕 간단한 위로도 제대로 못 해 줘서 마음 속 깊은 곳에선 너를 향한 죄책감만 커져 가고 있었다. 너는 실망한 건지 아니면 대답을 기다리는 건지 나를 빤히 바라볼 뿐이었다.

그러다 너는 머리카락을 쓸어 넘기며 말했다.

"… 결국 당신도 다른 사람들과 변함없이 똑같네."
"당신만은 안 그러길 바랐는데."

너의 큰 눈에서 떨어지는 눈물이 마치 보석 같았다. 반짝반짝 빛나고 큰
눈에 걸맞게 눈물마저 방울방울 둥글고 커다랬으니까. 조개껍데기 속 진
주 같았다. 드디어 너의 눈에서 빛이 났다.

"야. 울지 마. 잠깐만, 휴지가 여기…"

"하지 마요."
"나 그냥 이대로 눈물 흘릴래."

너는 배시시 웃으며 눈물을 원 없이 흘렸다. 이런 상황을 매일같이 기다
려 왔다는 듯이 너는 드디어 꿈이 이루어졌다는 표정으로 눈물을 펑펑 터
트리고 있었다. 말로는 표현하지 못 했지만 너의 흐르는 눈물들을 닦지
않고 내버려두는 손짓과 웃픈 표정, 그리고 흐느낌 없이 방울방울 떨어지
는 네 눈물이 너무나도 꿈결의 한 찰나 같았다. 초등학생 어린 시절부터
가엾게도 소리 내어 울지 못했던 너는 어느새 소리 내어 우는 법을 잃어
버려 영원히 맘 놓고 울지 못했다. 넌 실제로 눈물을 흘려 봐야 하품할 때
뿐이겠지. 난 네 과거를 정확히 모른다. 그래서 더더욱 내가 쉽게 위로할
수 없다는 거다. 답답하지만 어쩌겠나, 남의 사정엔 뭣도 모르고 이래라

저래라 하는 게 아니기에. 내가 고작 할 수 있었던 건 눈물을 흘리는 너를 토닥여 달래 주는 것뿐이었다. 너는 눈물을 닦으며 말했다.

"… 내가 늘 바랐던 순간인데 대체 왜 이리 심장이 버거운지 모르겠어요."

나는 네 말을 듣고 무슨 말을 해야 할지 고민했다가

"… 안길래?"

…라는, 뻔한 한마디를 뱉었다. '사랑해.' 혹은 '수고했어.' 아니면 '고생했어.' 보다 더 예쁜 말을 찾다가 결국 아무런 말도 하지 못하는 것. 그런 천박한 엔딩보단 좋은 선택이라 생각하고 내뱉은 말이었다. 포옹은, 안정적이지 못하고 불안해하는 상태인 사람에게 가장 최적의 위로이기 때문이기에. 내 선택이 틀렸다고 생각하지 않았다. 그냥, 무조건 이 말이 옳다고 확신했다.

너는 내 품에 안겨 펑펑 울었다. 네 표정이 보이진 않았지만, 너의 흐느낌과 들썩이는 몸이 너무나도 비참해 보이는데 내가 모른 체할 리가 있나. 네 눈물은 창밖으로 흩날리는 눈송이처럼 수북하게 쌓여 내 마음에 가라앉아 너라는 눈꽃 결정을 피워 냈다. 내 심장, 한 가운데에 피워 냈다. 그 무엇보다 아름다웠던 순간은 우리의 성숙한 사랑이 피어나는 순간이었고, 우리의 방황과 일탈이 멈춘 순간이었다.

우린 비참한 현실 속 서로가 안식처였다.

79: 음유시인 (11)

누군가에겐 그저 시끄러운 각설이가 되고
또 누군가에겐 길을 밝혀 주는 등불이 되었고
나에게 가장 소중한 사람에겐
삶의 의미를 알려 주는 노래가 되었다.

나의 존재 의미에 대해 깊게 생각하고 있었으나
어떤 사람은 행복을 추구하려 애쓰고 있었다.

난 어째서 그리 쉬운 행복보다
더 어려운 생을 마감할 생각을 하고 있었는지.

나는 어설프지만 때론 구원자가 되는
삶의 의미를 알려 주는 음유시인이 되었다.

나 또한 처음부턴 행복을 추구하고자 노력했으니
앞으로도 행복을 추구하는 삶을 사는 게 맞기에.
그렇게 살아남아야만 다른 자들을 구원할 수 있기에.

내가 아닌 다른 사람들을
행복하게 만들어 주고 싶기에…

80: 망상 (12)

삶을 도피했다.
그곳은 실제가 아닌 지옥 같았다.
그때 나에게 제안된 낙원은 너무나도 달콤했다.
끊지 못하고 툭하면 낙원을 찾았다.

삶은 내게 숨을 쉬지 말라는 듯
나를 굵은 사슬로 묶어 버렸다.

나는 절망감을 이겨 내기 위해.
더 이상 희망이 보이지 않는 삶을 피하기 위해.
사랑스러운 나의 어린 시절로 돌아가기 위해.
마시고 먹고 씹었다.

그러다 길을 걷다가 갑자기 환각과 환상에 빠졌다.
이상하게도 망상과 환상, 그리고 환각, 환청인 것을
알았음에도 불구하고 빠져나오기 싫었다.
내 낙원은, 어느 순간부터 도를 지나쳤다.

망상이 일상이 되었다.
어쩌면 이게 환각이 아닐지도 모른다는 생각이 들었다.

환각이고 현실이고 현실이 환각이고 망상인 거라면.
난 이제야 기회를 잡은 듯했는데.
피로감과 이유 모를 죄책감만 배로 늘었다.

나만 도착할 수 있던
에덴 동산이었는데.

나만 할 수 있었던,
어쩌면 또 다른 사람도 쉽게 할 수 있지만
쉽사리 표현하지 않았었던 나의 휴식이었고
낙원이었는데.

낙원인지, 현실인지
구분도 안 되는 것들이

어느 날 내게 찾아와서
책임을 물었다.

낙원은
낙원이 아니었다.

81: 꽃샘추위 (13)

행복이라는 눈이 쌓였다.
소복이 쌓여선 지나다니며 밟을 때마다
괜히 정신이 맑아지는 기분이었다.
행복이라는 눈은 내게 구원이었으며
청춘이었다.

나의 청춘은 겨울이었고
눈이 녹아 없어진 지금의 봄은
나의 악몽이었다.

행복이 녹아내렸다.

절망이 피어났지만 그 속에서 피어나던 꽃들은
오히려 내게 달콤한 유혹을 건넸다.

절망 속 벚꽃은 아름다웠으며
녹아내리던 눈송이는 아련했다.
마음 속 한구석에서 사르르 시려 왔다.

지나가는 꽃샘추위였나 보다.

82: 각인 (14)

자신의 의견을 표현하는 것을 뒤로하고 다른 사람의 의견을 먼저 들어 보려는 태도는 매우 다정하고 배려심 깊은 사람이다. 그렇기에 나는 배려심 깊은 사람이 되고 싶었다. 분개하며 자신의 감정을 표현하는 철없는 사람은 되고 싶지 않았다. 하지만 이미 엎어진 물은 다시 못 주워 담는다고 하던가. 예전에 저질렀던, 엎어졌던 나의 철없는 행동은 이미 나의 이미지로 새겨져 많은 이들에게 나는 성장하기 전의 나. 철없을 시절의 내가 각인되어 있었다.

나는 예전이나, 지금이나. 그냥 나 그대로의 나일 뿐인데. 나의 예전과 후가 정해져 있던 것이었나. 나 자체를 나로 봐 주는 사람은 없는 건가, 라고 느꼈었다. 그러다 어느 날 내가 왜 다른 사람의 기준에 맞춰 살아가야 하나, 이 세상은 고독하고 참 이상하다고 생각했다.

어쩌면 사람은 자신이 살아남기 위해 다른 사람을 끌어내리려는 선택을 어쩔 수 없이 하는 게 아닐까. 생각했다. … 어쩜 인간은 사람을 그렇게 쉽게 희생시키는지.

생각하면 생각할수록 인류애가 붕괴되는 듯한 기분이 들었다.
아무래도 나는 이 세상과 안 맞는 걸까.
신은 나를 왜 이리 죽이려 드는지,

나는 왜 희생을 자처해야 하는지.

의문이었다.

이 세상에게 의문만 남았다.

83: 황혼 (15)

어느 날, 한낱 어린 줄만 알았던 나에게 시간은 어른이라는 타이틀을 가져다주며 나에게 진로의 선택지를 내밀었다. 나는 흔들리는 손과 방황하는 마음을 붙잡고 선택을 신중히 고민하였다. 깊은 지하 속으로 떨어지는 기분이었다. 나의 뒤만 졸졸 따라오던 속수무책한 그림자들은 달콤한 거짓말을 속삭이며 내게 유혹했다. 나는 그게 무슨 뜻인지도 모른 채 홀리기만 했다.

그러던 어느 날 내게 꿈이 생겼다. 그 꿈은 나를 빛나게라도 해 주겠다는 듯이, 내가 쓸모 있는 사람이라고 느끼게 해 준 첫 번째 구원이었다. 그 꿈은 내게 다정한 품을 내주었다. 난생처음 생긴 목표였다. 지금까지 살아온 삶 중, 그저 흘러가는 대로 살다가 죽기만을 기다리던 내게 꿈 같은 건 생기지 않을 줄 알았다. 하고 싶은 것도, 이루고 싶은 것도 없는 천박한 나였으니까. 난 꿈을 꾸기엔 너무나도 천박하니까. 그런 천박하고, 얄팍한 감정을 표현하기엔 나답지 않았으니까. … 내가 감히 꿈을 꾸려고 하다니.

삶의 변화인가?
꿈을 꾸는 순간들은 내게 사랑을 알려 줬다.
아무리 기억력 안 좋은 나라도,
그 순간들을 잊기엔 이상하게도,
너무나도 사랑스러운 꿈이었다.

그 순간들 속에선 내가, 나답지 않았다. 어느샌가 나조차도 내가 무슨 말과 행동을 하는지 파악이 안 되었다. 갇혀 있던 나의 본능이 몇 년 만에 깨어난 듯, 넘쳐흘렀다.

신이 나를 버린 줄만 알았다. 다른 사람들과 비교하며 삶의 질을 바닥까지 깎아내렸다. 노력해도 바뀌지 않는, 나의 형편없어 보이는 의지는 나의 이성과는 다르게 본능은 게을러터져선 내가 원하던 성적을 내지 못하였고, 그때부터 나는 정상적인 사고방식을 할 수 없는 사람인 줄 알았다. 그냥 그렇게 생각해야 마음이 한껏 놓였다. 내가 아무 보잘것없는 사람이 특별해 보이지도, 평범해 보이지도 않았기 때문이다. 이게 올바르지 않은 일이라는 걸 알면서도 내 마음 속 뿌리 깊게 꽂힌 달콤한 현혹은 나의 기회를 빼앗아가기 너무나 쉬운 위치에 있었다. 난 그 현혹에 미쳐 차마 귀를 막고 도망치는 법을 잊었다. 그게, 현실인 줄 알았다.

그러다 어느 날 꿈이 듣지 말라며 귀를 막아 주었다. 꿈은 달콤한 현혹보다. 달콤한 거짓말보다 깊은 애정을 나누어 주었다. 꿈은 삶의 질을 올려주기 위해서 많은 구원을 해 주었다. 나의 청춘과 노력을 알아봐 준 첫 번째 구원자였다. 나는, 현혹보다 훨씬 나은. 나를 더 낫게 해 주는 구원자와 구원을 맞이했다. 따뜻하지 않을 리가 없었다. 꿈의 다정함은 생각보다 달콤했고, 거짓말의 너머를 알고 싶지 않게 해 주었다.

꿈은 나를 성장시켰고
나는 꿈을 신뢰하였다.

200

꿈은 나를 기억해 주었다.
그 수많은 인구 속에서
오로지 나만을.

내 이름 석 자를 또렷이 기억해 주었다.

꿈은, 내게 황혼이었다.

84: 자유 (16)

참 이상하다.
바다는 자유를 갈망하는 사람들이 찾아간다던
일종의 루머가 하나 있었던 것 같다.

하지만, 막상 그 자유로운 바다에 도착해 보면
바다는 더 이상 갈 곳을 내어 주지 않는다.

한 발, 한 발씩 내디딜 때면
처참히 느끼게 되는 생각이 한 가지 있다.

영원한 자유는 죽음이구나.
자유는 무한하지 않구나.

85: 무게 (17)

어른이 된 나는 아직도
영원을 갈망한 꿈이 있었다.

그저 어린 시절 기억의 어느 날에
여름에 시원한 바람을 맞으며 낮잠에 빠지는 것.
그 또한 낙원이 없었다.

너무 다 커 버린 나는
어른 아이가 되어 버렸다.

너무나 큰 책임감의 무게가,
어른이란 칭호의 무게가.

나를 쉽게 넘어뜨려 무너지게 하기엔
그 무엇보다 가장 적절했다.

어른 아이는 처참히 무너져 갔다.
아이는, 어른이 되고 싶은 아이였고
어른은, 이제야 어리광을 피웠다.

어른 아이는 결국엔 지쳤는지
어느 날 어리광 부릴 날을 손꼽아 기다리고 있었다.

그날은 몇날 며칠을 기다려도
찾아오지 않았지만

모두가 잠든 밤이 아이의 낙원이었다.

86: 노력 (18)

끝까지 닿고 싶었다.
포기하고 싶지 않았다.
혼자 빛나지 않는 달이 부러웠다.
가만히 있어도 태양이 비춰 주니까.

나는 달도 아니었고
태양도 아니었다.

그렇다고 지구 속 산소도 아니었고
은하수에 떠 있는 별도 아니었다.

그냥
떠도는 우주 행성 속 먼지 한 톨이었다.

먼지처럼 작았던 나는 주변인들에게
큰 통증마저 작게 느껴졌고
너무나도 커서 나를 곧 집어삼킬 듯한 미련 또한
그저 헛고생한 일에 대한 아쉬움 따위로 보였다.

나의 방황과 진심이 담긴 일탈은
잔잔한 향수와 사랑의 통증을 남기고 끝났다.

87: 재능 (19)

혜성처럼 날아올랐다.
무한한 별자리를 전개했다.

그게 나의 마음 속 눈물을 닦아 주는
나도 주체 못할 능력이었고
피, 땀, 눈물 흘리는 노력을 깨닫고 싶었다.
무엇이든지 잡히는 대로 다 잘해 버려서
사람들은 나를 천재라고 불렀다.

점차 가라앉는 기분이었다.

죄책감과 부담감, 강압적인 분위기에 치이며
천천히 심해 속으로 잠수했다.
점점 바닷물이 나의 폐 속에 차오르고
나는 바닥을 향해 가라앉았다.

숨은 모자라고 발버둥 쳐 봐도
아무도 바다 깊은 곳을 봐 주지 않았다.

그냥 그렇게

심해 속 먼지가 되어 갔다.

넓은 바다 속의 나는
아무래도 먼지처럼 작은 존재가 아닐까 싶었다.

나에게 두려운 감정은
주변인들에겐 기만자로 손가락질받았으며
진지하게 나를 다독여 주는 사람은
단 한 명도 없었다.

나의 피 맺힌 상처와 깊게 남은 흉터는
그렇게 차지도, 뜨겁지도 않은
미지근한 물에 젖어서

영원한 쓰라림을 남겼다.

88: 현실 (20)

그 날은 유독 하늘이 어두웠다.

"비가 오려나?"
"… 불안한데. 우산 챙겨야겠다."

내가 그날 고른 우산은 내가 제일 좋아하는 푸른빛의 색이었다. 다른 색도 많았었고 스무 살이라는 나이에 걸맞지 않은 유치한 색이었지만, 별이유 없이 오늘따라 푸른빛이 보고 싶었다. 그 사소한 우산이, 하필 우중충한 오늘 날. 내게 절망을 가져다준다는 사실조차 모른 채.

… 내가 가장 좋아하는 색이, 볼 때마다 애틋해진다는 색으로 바뀔 줄 모른 채.

비가 오는 날엔, 괜히 우울해져선 하루 내내 멍 때리고 있었다. 울적한 기분이 없지 않아 있었다. 그러다보면 날씨 탓인지 꼭 울적한 생각들에 나는 깊은 바다 속에 서서히 잠기는 기분이었다. 여름밤은 특히나 어디선가 찾아온 계곡 향이 나는 시원한 바람과 미지근하면서도 텁텁한 습도. 사소한 것조차 이젠 여름의 한 순간으로 느껴질 만큼. 그런 풋사과 한 입의 계절이었다.

그래서 그런지, 나답지 않은 잡생각들을 떠올리며 횡단보도를 건너고 있었다. 그냥, 이런 우중충한 날씨는 나의 과거보다 조금이나마 나았다. 돌아가고 싶지 않았던 과거는, 언제라도, 지금 당장이라도 빨리 지옥 같았던 현실에서 도망가고 싶었다. 주변에서도 꼭 나만 보면 도망가라는 듯. 내게 속삭이는 것만 같았다. 그래서 내가 선택한 길은 현실보다 더욱 더 달콤한 꿈을 꾸는 것이었다. 하지만 눈을 감으면 누군가 나를 지켜보는 느낌이 들었다. 그게 착각이고 망상이라는 것 또한 잘 알았지만, 다시 눈을 떠 볼 자신은 없었다. 꿈의 문 앞에서 현실과 작별하는 기분. 현실의 두려움에 인해 꿈으로 도망가려던 나를 붙잡은 건 다름 아닌 꿈으로 넘어가는 과정 속의 두려움이었다. 두려움은 또 다른 두려움을 낳았다.

그래서 그 두려움이 나를 집어삼킨 건가.

… 어째선지 기억이 나지 않는다.

왜 내게 펼쳐진 세상은 어둠인지.
그 누구도 알려 주지 않았다.

Episode 2.
꿈

89: 꿈 (1)

어쩌면 이 세상에 펼쳐진 어둠이 사실 낙원이었는지도 모르겠다. 실수를 기회로 바로잡는 사람들처럼 나도 어둠을 빛으로 만들어야 하는지. 하지만 사람은 어둠을 빛으로 만드는 법을 내게 알려 주지 않았다. 그냥 어둠이란 미궁에 빠져 평생 나오지 말라는 듯이 나를 싱크홀에 가두고 저 멀리 날아가 버렸다. 물론 지금까지도 나를 구원해 주지 않았다. 나의 어둠이 곧 있으면 익숙해지려던 그때. 공허한 적막함을 부수는 시계 침 소리가 들렸다.

틱, 톡. 틱, 톡.

'원래 침 소리가 저리 빨랐던가?'
'시계는 최근에 사서 이렇게나 빨리 고장 나진 않았을 텐데.'

… 지금 당장은 컨디션이 안 좋은 듯하다. 아무래도 요즘 인간관계도 그렇고, 진학 과정 때문에 역시나 몸 자체는 피곤한 건가. 어쩌면 지친 걸지도 모르겠다. 난 아예 자각을 못 하고 있었는데 말이지.

'눈을 떠 볼까.'

눈을 뜨고 싶어도 앞에 무언가가 있을까 봐, 두려워서 눈을 뜨지도, 잠에 들지도 못하는 기분이 들었다.

'… 꿈이라면 깨야지.'

나는 눈을 번쩍 떴다.
그러자 익숙한 방이 내 시선을 압도했다.

"… 여긴, 분명…"
'이상하다. 내가 여기 있으면 안 될 텐데.'

이사 가기 전의 나의 방이었다. 워낙 그리운 추억도 많고 차마 정리하지
못해 미련 남은 친구들의 사진도 한가득이었다. 하지만 전학을 계기로
했었던 나의 악몽이자, 영원히 각인된 순간은 아직 찾아오지 않았던 모양
이다.

… 그렇지 않았다면 이리도 평화롭진 않았겠지.

"그나저나, … 난 분명 횡단보도였는데."
"여기까진 어떻게 온 거지?"
"… 애초에 내가 여기 있는 게 말도 안 되잖아."

갑자기 말도 안 되는 생각이 들었다.

"… 내가 횡단보도를 다 건너긴 했나?"

세상이 내려앉는 기분이었다. 내가 횡단보도를 다 건너지 않았다면, 그랬다면 나는 진작에 치여 죽거나 병원에 실려 갔을 테고. … 나를 신고해 주는 사람은 있을까. 싶었다. 그리고, 병원비는 또 어떡하고. 내가 만약 죽게 된다면 나는 어떻게 되는 건가. 나의 삶이 여기까지라서, 지금 죽음의 문턱에서 가장 가기 싫었던 순간으로 넘어온 거라면. 이게 주마등이라면. 나는 이제 어떻게 해야 하나. 난 주마등을 즐겨야 하는 걸까. 두려워하거나, 탈출할 방법을 찾아야 할까. 너무 혼란스러웠다.

"오늘이 며칠인지도 모르는데."
"… 아. 나보고 뭘 어쩌라는 거야…."

머릿속이 어지러워졌다. 속이 텁텁하고 기도가 콱 막히는 기분. 숨 쉬기 답답했지만 그래도 참았다. 원래 사람은 악몽을 꾸면 대부분 이런 느낌이 드니까. 그래, 그냥 이건 악몽일 뿐이다. 근데 하필 귀신도, 벌레도 아닌 현실이자 과거의 안 좋은 기억이라니. 절대 잊을 수가 없는 그 기억이라니. … 잊고 살다가도 가끔 떠오르면 심호흡을 몰아쉬어야 하는 기억. 그런 거지 같고 형편없는 기억이라니. 운도 지지리 없던가…. 차라리 목 매달고 진작 죽어 버릴 걸 그랬나.

"어떡하지."

꿈인 걸 아는데도 불구하고 그때 느꼈던 불안감과 이유 모를 두려움. 그리고 사고로 트럭에 치였었던 너를 놓친 나의 죄책감만 배로 늘어나고 있었다.

근데 내가 공황장애가 있었던가?

"…… 어지러워….."

이명소리가 귀를 찢는 듯한 기분이었다. 죄책감의 무게는 더욱더 쌓여서 나를 짓누르고 있었고 불안한 감정은 어김없이 나를 향해 다가오고 있었다. 마치, 내가 곧 너를 놓친 그날처럼, 마법처럼 정말 트럭에라도 치일 거라는 듯. 이 현실에서 도망가라는 듯. 그렇게 나를 계속 절벽 끝으로 몰아붙였다.

너는 날 그렇게 절벽으로 몰아붙였다.

사실 나를 막상 구원해 준 건 너였는데
이러면 내가 뛰어내릴 수밖에 없잖아.

"… 창문으로 나가야겠지?"

옛날에 그런 미신이 있었다. 꿈에선 절대 문을 열고 나가면 안 된다고, 꿈에서 나오는 문들은 죽음의 문이라는 미신. 마치 어느 날 지나가다 들었던 내가 좋아하는 사람이 나를 저승으로 데려간다는, 그런 미신 같지만 로맨틱해 괜히 믿게 되는 말처럼. 몽환적이라서 믿게 되었던 것 같다.

"창문,"

순간 세상이 멈춘 듯한 느낌이 들었다.

"… 꿈이구나."

너는 창문에 걸터앉아 나를 바라보고 있었다. 나는 왜 너를 보자마자 바로 꿈이란 걸 눈치 챈 건지. 사실 이 곳이 꿈이라는 건 진작에 눈치 챘지만 이젠 네 덕에 확실해졌다. 꿈에서만 볼 수 있는 너를 오늘도 꿈에서 마주쳐 버렸다.

"… 꿈에서 만나자는 말이 이 뜻은 아니었는데."

너는 말도 못 한 채 웃고 있었다. 나는 올라가는 입꼬리를 꾹 누르고 싶었지만 차마 내려가지 않았다. 인상은 찌푸리고, 입은 웃고 있지만 눈은 울고 있는. 네가 생전에 좋아했었던 나의 비참한 순간이 만들어 낸 세상이 무너지는 표정, 우스꽝스러운 표정이었다. 넌 영정사진에서도 웃었다. 죽기 직전까지도 나를 보고 웃었다. 근데 그 장면이 왜 지금 스쳐 지나가는 건지. 주마등이란 이런 거구나. 이렇게 사랑스러우면서도 슬프고 달콤한 맛에 무너질 수 있는 거구나.

"… 사랑해."

나의 눈물이 별이 되어 하늘을 뒤덮으려고 애썼다. 너는 내가 별이 되기엔 너무 아깝다는 듯 나를 안아 주었다. 우주가 나를 껴안았다. 창문 밖으로 보이는 풍경은 분명 흰 안개가 껴서 뽀얀 분위기를 풍기고 있었지만 나의 눈물에 가려져 보인 풍경은 그리운 마음에 지쳐 있던 폭풍이 어느 날 겨울을 맞이해 쏟아지는 눈보라를 만난 듯이, 눈보라와 폭풍이 휘몰아 치고 있었다. 우리의 시간과 공간이 휘어지는 듯했다.

네가 웃으며 말했다. 너의 스쳐간 웃음이 나의 심장을 또 잔뜩 구겨 놓았다.

"사랑으로 우릴 형용하기엔 부족하지 않아?"
"… 게다가 악몽이라며."

"… 악몽은 무슨…."
"그냥 내가 너를 너무 사랑했어."
"내가 너를 너무 사랑해서 그랬어."

구원으로 다가온 너는 어느새 내 마음 속에 애상으로 자리 잡았다. 이러면 안 된다는 걸 알면서도 너를, 죽어서 말도 못 하는 너를 그냥 원망했다. 그냥 모든 게 네 탓인 것처럼. 그렇게 책임을 다 떠넘겼다. 나는 조금 더 어리광을 피우고 싶었다. 가끔은 어른스러운 너에게 기대고 싶었다. 그렇지만 너는 세상에 없었고 나는 너를 잊은 척하며 살아가려 애썼다.

"나 살아 있을 땐 그렇게 표현을 안 하더니."

"이제 와서 표현해도…"

"나 너 많이 미워해. 가끔 미안하기도 하고, 세상에 없는 널 그리워하면서 잠들고 그래."

"내가 나만 두고 가지 말라고 했잖아."

"너 없으면 난 어떡하라고."

"네가 살고 싶게 만들어 놓고, 네가 가 버리면…."

너는 나를 빤히 바라봤다.

내가 너의 기시감에 못 이겨서 다시 한번 말했다.

"… 그냥 내가 너를, 너무 사랑하는 것 같은데."

눈물이 맺혔다. 한순간이었다.

나는 너의 손을 붙잡고 말했다.

"그냥 내가 너 사랑하면 돼?"

"… 너 살아 있을 때처럼?"

너는 나를 쓰다듬으며 말했다.

"나 그만 잊어 주면 안 될까."

너는 내 애상이 되었다.
너는 대체 내 인생에 뭐였을까,
첫사랑과 끝사랑이 공존하는 사랑.

나를 구원해 줘서 괜히 착각하게 만드는 사람.
어느 날 정식으로 사랑하게 만들어 준 사람.
그래 놓고 먼저 밤하늘의 별이 된 사람.

"… 내가 너를 어떻게 잊어."

아마, 외사랑인 것 같다.

외사랑처럼 외롭고 공허하지만
첫사랑이라서 잊을 수 없고
끝사랑이라서 미련 남은

그런 사랑을 너랑 동시에 했다.
나도 자연스럽게 밤하늘의 별이 되는 날까지
나의 잦고 깊은 잠이 신에게 닿기를 바라며,
나의 꿈에 네가 나오길 바라며
현실을 외면했다.

꿈은 미련이 많았다.
그래서 그런지 달콤했다.

"… 우리 늘 그랬던 것처럼. 꿈에서만 만나자."

"나도 사랑한다고 해 주면 안돼?"

"잘 자. 이건 굿나잇 키스."

세상에서 가장 달콤한 바다의 비밀을 맛보았다.
청량하고 알싸한 맛은
그냥, 더욱더 미련만 남을 뿐이었다.

결국 사랑이란 말을 듣지 못하고 깨어났다.
꿈이었다.

90: 낙원 (2)

편안했다.

다른 사람들에겐 여기저기 치여 보잘것없어 보였던 내가.
이곳에선 유일하게 나의 가치를 인정하고 칭찬한다.

한낱
구원이었다.

91: 구석 (3)

나도 모르게 힘들 때면 떠오르는 곳이 있다.

그곳이 내 보금자리인 것마냥,
휴식이 필요할 때면 가끔 구석에 박혀 스르르 눈이 감기면,

어느덧 내 얄팍한 감정을 진정시켜 준다.

뭔가, 어느샌가.
포근한 분위기의 중독성을 말했다.

92: 행복 (4)

난 항상 불행한 줄만 알았다.

어릴 땐 공부에 치였고,
새내기가 되니 사회생활이라는 것은
작고 어린 내겐 너무나도 벅찼고

가정까지 꾸리니 행복을 느낄 시간이
터무니없이 부족했었다고 생각했다.

하지만 지금 와서 생각해 보니
어릴 땐 공부도 했으나 친구와의 추억도 가득했고,
새내기 땐 원하는 것을 마음껏 했으며
가정까지 꾸리고 보니,

나의 삶은 매 순간이 행복했었던 것을 깨달았다.

행복했었고, 앞으로도 행복할 것이다.
그렇게 후회 없이 살 것이다.

난 행복하다.

93: 요정의 위로 (5)

가끔 힘들고 지칠 때, 수면을 통해 스스로를 위로하는 경우가 있었다.
그리고 그 꿈속에서 나는 몰래 울었다.

한창 벚꽃 잎이 떨어지는 소리와 나의 소리 없는 울음이 맞아떨어져,
⋯ 괜히 아름다웠기 때문이다.

나의 봄에 흘린 눈물이 너무 아름다웠다는 핑계로 다신 울고 싶지 않아서,
대신 내가 흘린 그 눈물을 받은 봄의 요정은

그 눈물을 모아 씨앗으로 만들어 세상에 흩뿌릴 것이다.
나만 그런 게 아니라는 듯이,

그것은 봄의 요정이 표현할 수 있는 최대의 위로였다.

94: 인생의 한창 (6)

바람의 방향과 공기의 내음이 변했다.

대지는 희고 차디찬 풍경에서 새로운 생명들의 축복으로 화려한 색으로 환복했고,

그 밑에서 얼어붙었던 물들이 오랜만에 자유를 맞아 세차게 달리며 음악을 연주했다.

봄의 시작이었다.

95: 후유증 (7)

돌아가고 싶은 꿈이 있었다.
아주 달콤한 꿈이었다.

이상하게도
눈물이 맺혀 있었다.

마음은 공허했고
저항도 못 한 채
눈물을 흘렸다.

할 수 있는 게 그것 뿐이었다.
기억이 미세하게 나는 그를 떠올렸다.
얼굴은 흐렸고
하는 행동들은 내 피부에 여기저기 묻어나서
하늘 위로 떠올랐다.

되돌아가고 싶은 세상이었다.

96: 유혹 (8)

어린 시절 나는 낮잠이란 것에 대해
도통 이해할 수 없었다.

하지만 지금에서야 한번 맛봤던 낮잠은
깊은 달콤한 맛을 내었고
나의 몽롱한 기분을 몽글몽글 하늘에
아주 수북이 떠올릴 수 있었다.

난 지친 몸을 이끌어 노곤한 마음을 녹이기 위해
따뜻한 위로를 주는 이불 속에 파묻혔다.

푸근했고, 바스락거리는 이불이 괜스레 내 마음을
쿡쿡 찌르며 나를 편안함으로 인도했다.

나의 백일몽은 멀고도 먼 나의 환상이기에
더욱더 달콤한 유혹이었던 것 같았다.

97: 악몽 (9)

도망가야 해.

도망가야 해.

도망가야 해.

빨리 도망가야 해.

도망가야 해. 도망가야 해.

어서 빨리…

도망가야 해.

도망,

도망가야…

도망쳐.

"… 헉."

꿈에서 깨어났다.

식은땀이 흐르고 어두운 방이 나를 삼켰다.

이불 속에 누군가 있는 기분.

당장이라도 옷장에 누가 있는 듯한 기분.

… 침대 밑이라든가.

"하, 하아….."

더 생각할수록 패닉만 찾아왔다.

수많은 개미들이 나를 집어삼킨 듯했다. 나는 겨우 정신을 붙잡고 책상을 더듬거리며 불을 켜는 스위치를 찾았다. 시야는 어두워지고 졸려서 눈은 감기고, 피로가 아직 가시지 않아서 정신도 점차 아득해졌다. 이대로 눈을 감으면 악몽이 다시 찾아올까 봐 두려운 맘에 눈을 감지도 못했다. 그렇다고 눈을 뜨고 주변을 살피기에도 두려웠다.

정신을 겨우 붙잡고 스위치를 찾으려 손을 정신없이 움직였다. 오로지 감과 촉각에만 맡겨야 했다. 나는 불을 켜는 것을 포기하고 노래를 틀려고 폰을 켰다. 운도 없었다. 하필 밝기가 최대여서 그랬나.

낯선 이와 눈이 마주친 순간
나는 소름이 끼쳤다.

"깼어?"

이명소리가 내 귀를 찢었고
클래식 음악이 흘러나왔다.
그이가 내게 달려오는 한순간은

참으로 악몽 같던

현실이자

나의 최후였다.

98: 초현실파 (10)

몽환적인 세상.
아름다운 세계.

환상적인 꿈.

그냥 나는

꿈과 같은 환상의 세계에
민간인들을 초대하고 싶었을 뿐이었다.

[Welcome to Dreamy world.]

행운은 용기를 뒤따른다는 것.
광활한 우주를 건너 생명이 시작되는 것.

이상하게도 그런 미신들은
민간인들에게 꽤나 힘이 되었다.

백일몽의 사랑.
몽환적인 세상.

민간인들의 꿈.

그렇다면 초현실은 무엇일까.
추상적이게 생각하자면
사실 꿈은 모든 경험에서 비롯된다.

우리의 흑역사를.
우리가 사랑했던 상대를.
우리가 알지 못하는 미래를 꿈꿀 수도.
아니면 꿈을 꾸지 못한 채 긴 밤을 지새우는 사람도.
수많은 민간인들이, 인간답게 밤을 보낸다.

그러다 새벽녘이 밝아 오면
사람들은 낭만이다.
또 어떤 사람은 감성 탄다고 말한다.

꿈은 대체 무엇이기에
낭만실조를 자처하게 만든 것일까.

꿈이란
대체 무엇이기에.

99: 푸르스트현상 (11)

"…"

익숙한 향기.
포근한 코튼캔디 향.

"… 아."

순간 잊고 있었다.
나 정말 정신이 나갔구나.

"… 어떻게 걔를 잊고 있었지?"

너는 그날 오프숄더의 흰 드레스를 입고 있었다.
마치 결혼이라도 하는 사람처럼.

… 우리가 그날 결혼하자고 했던가.

그때의 너는 내게 능글맞은 미소로 물었었다.

"당신이 나를 잃게 된다면"

"… 대체 당신은 어떤 반응일까."

"글쎄."

"글쎄라니…. 하여튼 냉소적이야."

"그래서 싫어?"

"응. 싫어. 허구한 날 상처만 주고…."
"그래도 우리가 서로를 잃게 되는 날엔"
"… 제발 나를 지구 끝까지 찾아와 줘."

"됐어. 뭘 힘들게 찾아가…."
"그냥 서로를 잃지 말자."

"… 어?"

"… 왜. 이게 제일 간편하고 좋지 않나?"

"뭐야 너? 방금 완전 스윗했어. 반할 뻔했어."

"아직 안 반했어?"

"아니? 첫눈에 반했지."

하루아침에 소중한 사람이 사라져 버린 세상은
조금도 바뀐 게 없었지만 전혀 다른 세상이었다.

코튼캔디 향의 너는
밀키스 맛의 청량과 복숭아 빛의 마음을 들고
매번 나를 찾아와 주었다.

사실상 그녀를 잊은 건 아니다.
… 단지 바빠서 잊혔을 뿐.

사랑을 한 번도 의심해 본 적은 없었다.
그래, 그냥 묻어 둔 거라고 하자.

마음을 묻어 뒀다가, 어느 날 스쳐 지나가는 향기에
갑자기 떠오른 거다.

어쩌면
네가 내 앞에서 웃는 모습이
기억이 나지 않을 정도로 아득해서
그래서 네 미소가 기억이 나지 않았나 보다.

사실 보고 싶다는 생각조차 하면 안 된다고 생각했다.

다음에 만날 때 첫 만남부터 다시 시작할 수 있기를.

#100: 죽음 (12)

"빛이 너무 밝아서."

"… 빛이 너무 밝아서 그랬어."

나는 빛의 한 줄기를 좋아했다.
그 누구보다 빛을 사랑할 자신이 있었다.

땡볕의 바다는 자유를 갈망했어서. 나의 긴 새벽은 밤하늘의 달을 좋아했고, 나는 달의 일식을, 태양의 월식을, 그 둘의 조합을 사랑했다. 하늘에서 내려온 수많은 빛들이 너무 소중해서, 나는 위화했다.

그래서 그 빛이 감싸던 문을 안 넘어갈 수 없었다. 난 그렇게 나의 취향을 저격한 달콤한 유혹에 쉽게 넘어가 버리는 사람이었다. 나는 그렇게 죽음에 한 걸음 더 가까워졌다. 암흑이었던 내 세상엔 아무래도 빛이 꽤나 구원이었나 보다.

하지만 빛의 마음은 동경이 아니라 동정이었는지,
나의 모든 시간을 헛되게 만들었다.

빛은 내게 사랑을 속삭였다.

하지만 우린 사랑을 하기엔 너무 일렀고
유영하던 우주 속 행성은 내가 거슬렀던 건지
운명의 장난을 던졌다.

운명은 사랑했던 빛과 별들이 여기저기 밤하늘에 발자국을 찍으며 내게
다가오는 기분이었다. 그토록 행복했던 적이 이생에선 단 한 번도 없었던
것 같다. 무엇보다 이생에서 제일 좋아했던 밤하늘이, 빛들이, 별들이 그
수많은 것들이 나를 맞이해 주는 것만으로도, 아주 충분히 가애했다. 하
지만 장난으로 시작한 빛의 사랑은 금세 처참히 무너지기 좋았다.

나의 결핍은
그때 시작되었다.

사랑이란 감정을 더 이상 느끼지 못하게 됐을 때.
그 순간에 정말 결핍이라는 것을 느꼈다.
나의 가치가 한계에 도달했을 때.
나의 행복의 할당량이 낮춰졌을 때.
… 빛에게 잊혔을 때.

그냥, 살아가다 한번 웃으면 좋은 하루였던.
다른 사람에겐 너무나 당연한 일이 내겐 기적이었다.

"빛은 내게 힘을 주거든."

"대신 빛은 그만큼의 힘을 쓰지."
"사실 내 인생에선 그게 구원이었을지도 모르지."
"… 처음으로 관심이 생긴 거니까."

… 그래서 그런가.
왜 너는 그런 말을 하고도 내 곁에 남아도는 건지.

나의 내면은 어쩌면 지친 걸지도 모르겠다.
그래서 빛나는 것들이 그렇게 좋았던 걸까.
이유가 있으니 이건 동경이다.
사랑이 아니었다.

나는 빛나는 모든 것들을 동경했다.

그러다
갑자기
어느 화창한 날에

"넌 제발 행복해지지 마."

죽음이 말했다.

작가의 말

2부는 현실과 꿈을 컨셉으로 한 총 32개의 글입니다.

2부의 내용은 제가 겪었던 실화, 사회를 비판하는 내용, 나의 가치관을 공유하고 싶은 마음을 담아. 그리고 긴 밤마다 내가 꿈꿔 왔던 것, 혹은 1부에 넣기에 애매한 사랑 이야기를 낭만 가득한 문장들로 꾸며서 적었습니다. 사실 이 작품을 어떻게 끝내야 하나, 꽤 많이 고민했는데. 주변인들이 많이 도와주더라고요. (대략 3명쯤…) 덕분에 많이 고생했어요. 제가 틈만 나면 주제 좀 달라고 엄청나게 졸라서…. 그렇지만 애들도 막 싫어서 진절머리 날 정도는 아니었을 거예요. 아마도? 그래도 그 애들 없으면 2부는 아예 쓰지도 못했을 것 같아서, 없으면 안 되는 소중한 친구들이에요. 차라리 제 말을 무시하지 않고 잘 굴러 주는게 다행일 정도예요. 저의 출판에 대해서도 아무런 태클도 걸지 않고 오히려 응원해 준 친구들이라서…. 그냥 제가 너무 걔네들을 좋아해요.

Episode 1. 현실

… 우선 현실 에피소드는 제가 현실에서 살면서 느끼는, 일어나는 사회를 비판하고자 만든 에피소드인데 어느 날 '감히 내가 그래도 될까?'라는, 뻔한 생각이 들었어요. 그때 제가 좋아하는 아이돌이 그러더라구요. '국민이면 해야 하는 말'이라든가, '오히려 이런 권리로 말해야 한다.' 식의 비슷한 말들을 했는데 당시에 저에게 꽤나 와닿더라고요. 사실은 이 세상에

소중한 생을 마감하려는 사람들이 굉장히 많습니다. 그리고 저도 그 사람 중에 한 명이었고요. 주변을 둘러보면 훨씬 더 많아요. 저랑 같은 생각을 하면서 사는 사람들이. 굉장히 많아요. 짐작에 불과하지만 대략 30명은 되는 것 같아요. 더 넘을 수도 있고요. 학교나, 사회에선 웃으며 지내지만 그게 행복해서 웃는 건지, 행복하고 싶어서 웃는 건지 헷갈릴 정도로 사람들은 학업과 사회에 지쳐 있으니까요. 이젠 당연해진 사람들의 이기적인 모습부터 고쳐야 된다고 생각하지만, 그게 인간의 본성이니 딱히 할 말은 없습니다. 모두가 바뀐다고 해서 더 나은 세상이 될지도 모르겠고요. 쾌락을 추구하는 사람도 있을 거고, 우울한 사람도 있을 거고. 전 모르겠네요, 사람마다 관점이 다르니 더욱더 그런 걸 수도 있고요. 겨우 비슷한 관점을 가진 사람을 찾는다고 하더라도, 사람은 장점보다 단점을 찾으려 애쓰기에…. 아무래도 모든 하루하루가 평탄하진 않을 겁니다. 저는 참 인간이 신기해요. 각자 다른 매력과 성격, 외형, 심리 등등, 너무나 특징이 다른데 인간이 믿을 곳이 없어서 인간을 믿는다니. 정말 재미있고, 한편으론 비참한 것 같아요. 그렇다고 모든 인간이 우습다는 건 아니에요.

Episode 2. 꿈

… 꿈 에피소드는 정말 별거 없어요. 그냥 다들 돌아가고 싶은 세상이나, 꿈이 하나쯤은 있을 거라고 생각하고 만든 에피소드예요. 다들 긴 밤을 보내면서 힘들어하겠지만, 제가 대체 무슨 권리와 권력으로 차마 당신들에게 힘들지 말라고 할 수 있나 싶네요. 말한다고 해도 그게 위로가 안 된다는 것쯤은 너무나 잘 알고 있어서 더욱 할 수 없는 말이기도 하고요. 대신 이런 사소한 말보다 진심이 담긴 포옹이나, 마음껏 울어도 된다는

말은 해 주고 싶어요. 꿈 에피소드에 나오는 요정의 위로처럼요. 그냥, 저는 가끔 고요한 새벽 속에서 눈물을 흘리는 많은 사람들이 조금 의지하려고 노력해 줬으면 좋겠어요. 세상은 그렇게 힘들지 않고 너무나도 아름다운 세상인데. 주변인들에게 치여서 상처받고 아름다운 세상이 왜곡된다는 게 굉장히 아쉬운 부분이에요. 당신들은 너무나도 어린 나이에 너무나도 벅찬 일을 겪는 게 당연해졌습니다. 그렇지만 그 벅찬 일에 너무 많은 피 땀 눈물을 쏟지 않았으면 좋겠어요. 오늘도 수고했고, 내일도 수고할 거니까, 이 책을 덮는 시기부터는 잠깐이라도 하고 싶은 걸 해 봐요. 10분이나 30분이라도 해 봐요. 잠깐의 자유는 큰 휴식이 될 거예요. 그냥 제가 해 줄 수 있는 게 이런 것뿐이에요. 저랑 대면도 해 본 적 없고 아예 모르는 사람이지만, 우리 내적으론 조금 친하잖아요? 사랑해요. 살아남아 줘서 고마워요. 그리고 우리 끝까지 잘 살아남아 봐요.

초현실파 낭만주의

ⓒ 채소연, 2025

초판 1쇄 발행 2025년 5월 27일

지은이   채소연
펴낸이   이기봉
편집   좋은땅 편집팀
펴낸곳   도서출판 좋은땅
주소   서울특별시 마포구 양화로12길 26 지월드빌딩 (서교동 395-7)
전화   02)374-8616~7
팩스   02)374-8614
이메일   gworldbook@naver.com
홈페이지   www.g-world.co.kr

ISBN   979-11-388-4313-3 (03810)